갇힌 언어들을 위한 시간

서옥섭 시집

갇힌 언어들을 위한 시간

달아실기획시집
30

달아실

보조 용언과 합성 명사의 띄어쓰기 등 본문의 맞춤법은 시인의 의도에 따른 것임.

시인의 말

나에게 있어 시란 나의 표현이자 성찰이고 세상으로 나가는 통로이다. 시를 쓰면서 삶에 더 다가갈 수 있었고, 용기를 낼 수 있었고, 생과 더 치열하게 맞서며 삶을 진실하게 사랑할 수 있었다. 시는 나의 나무이자 꽃이다. 오래 묵혀두었던 작품들을 이제야 세상으로 내보내게 되는 것은, 아마도 나의 시가 드디어 때를 만난 것이 아닐까 싶다. 살구가 익을 대로 익으면 그냥 땅에 툭 떨어지는 것처럼. 세상의 모든 것은 다 저만의 때가 있는 법이다.
봉생마중 불부이직蓬生麻中 不扶而直… 요만큼이나마 내 자신을 세울 수 있었던 것은 시를 통해 만난 모든 인연들 덕분이 아닐까 한다. 깊숙이 묻어놓았던 작품을 묶을 수 있게 용기를 북돋아주시고 도와주신 소중한 모든 시절 인연들께 깊은 감사를 드린다.
돌아가신 부모님과 옆에 있어 든든한 가족들, 언제나 깨어 있도록 격려해준 우리 남매들께 감사한다. 흩어져 있던 시들을 한 곳에 반듯하게 담아내주신 달아실출판사와 박제영 편집장님께 깊이 감사드린다.

바다!
언제나 다시 시작하는 바다!

2023년 12월
사철 푸른 바다가 출렁이는 곳
강릉에서 서옥섭

차례

갇힌 언어들을 위한 시간

2부

3부

4부

1부

가난한 남편에게

가난한 남편이여 공연히 내게 미안해하지 마오 어린 아들이 학교에 다녀와 밥을 벌러 나온 어미조차 집을 비운 그 시간에 혼자 밥그릇에 서툰 젓가락질로 김치를 집어 먹는 그 시간에 그대가 맞은 모처럼의 휴일, 서리 내린 머리에 염색약을 바르던 그 손으로 당신보다 10년은 젊은 친구의 집에 가서 찬 땅에 등을 깔고 누워 깜깜한 그 친구네 경운기에 숨통을 되찾아주느라 집에도 못 갔노라고 내게 미안해하지 마오. 언젠가 당신 추워할 때 당신 편이 되어 생일날 먹던 미역국처럼 따뜻한 마음을 건네었던 고마웠던 그 젊은 친구에게 당신이 이제야 그 빚 갚느라 그러는 줄 내 모르는 것 아니니

나 또한 그대가 눈 녹는 산비알*을 구르며 발목 삐어가며 남의 눈 피해가며 도둑질하듯 떠온 맑디맑은 고로쇠 수액을 내 전생에 빚 진 이들에게 오늘 나누어주고 있었으니 전생에 내가 진 빚을 그대가 떠온 물로 갚은 것이나, 우리의 어린 아들을 제쳐두고라도 흰 머리 늘어가는 그대 마음속 진 빚을 갚으려 한 것이나 무어 다를 바 있으리오 다만 우리의 양어깨가 무거운 것은 숙명이라고 치고 그

한 켠 마음에 걸리는 것은 뽑아내야 가난한 우리의 직성이 조금이라도 풀림이니 가난한 그대여, 밤이 오면 우리 부부 또 어린 아들과 머리 맞대고 우리의 잘 살은 하루를 안도하며, 서로의 질기고 뜨거운 피를 확인하는 걸로 족하니 가난한 그대여 무사한 하루해 저물었으니 우리 조용히 커튼을 닫고 내일을 위한 꿈 꾸어나 볼 일이요 꿈 꾸어나 볼 일이요 곧 어릴 적 그 산천에 흐드러지게 필 진달래빛 고운 꿈 꾸어나 볼 일이요 가난한 시인의 내 남편이여

* 산비탈의 방언.

바다로 간 암탉

눈앞의 철조망은 높이 고작 3미터
하지만 내 퇴화된 무욕無慾의 날개로는 어림없는 높이
이 순간만은 조상님이 원망스러워
쉼 없이 펄럭이는 코앞의 푸른 바다 너울 사이로
부드럽게 펼쳐진
아으 저 백사장 이빨 세운 흰 파도
여기 건조대 위에 누운 푸른 미라의 멸치는
내 관심의 밖이야!
애오라지 저 바다 위를 두 날개 펴고

날고 싶어 날고 싶어 날고 싶어

저눔의 갈매기 떼 흰모래 불에
날아올랐다 앉았다
내 속을 긁는구나 놀리는구나

따스운 북데기 속보다 더 따스운 내 무정란의 알
해산 후 뿌려주던 멸치똥
한 줌의 포만감

쓰디쓴 사유의 몸무게

그건 아니야 아니었어
내 관심은 오로지 바다 위를 나는 것!
갈매기보다 더 높게 날아오르다
푸른 물결 속에서 튀어 오르는 파란 이집트의 왕을
내 날렵한 멋진 부리로 낚아채는 것!

날고 싶어 날고 싶어 날고 싶어

오, 무욕無慾의 이 날개
상심하며 넘실거리는 눈앞의 저 바다

광합성

은행잎들이 노래졌어
올 한 해 동안의 할 일이 이제 끝났다는 거지
수많은 나뭇잎이 모은 영양분을 가지와
뿌리 속에 저장하고
나무는 긴 동면에 들어갈 테지

창가에 드리워진 블라인드 사이로
은행나무를 바라보고 있어
오늘은 나도 광합성 중이거든
링거를 꽂고 병원 침대에 누워
너를 생각해

높은 가지 끝에서 위태롭게
발꿈치를 치켜들고
너는 네 방식 광합성을 하네
그걸 아는 사람은 거의 없지 아마
그들이 너에게 햇빛이 될 수는 없어
그들도 알 거야, 네가 별종의 나무라는 걸
하지만 식물성 나무는

사람을 해치지는 않지

나도 광합성이 필요한 한 그루 나무
사철 푸르고
바람 앞에서도 끄떡없이
씩씩하고 싶은 한 그루 나무

늦가을 야위어가는 햇살 속에
위태로운 듯
얇은 비닐관을 타고
톡, 톡, 떨어지는 맑은 수액을
속절도 없이 광합성하는
나도 나무 한 그루

왕벚나무
— 허초희

꽃 핀 왕벚나무 한 그루
내리는 빗속에 묵화로 서 있네

남대천 물길 오래오래
안목바다로 흘러들고
봄이 핀 둑길을 걷다
봄 속에서
봄 속으로
보슬보슬 나는 스미어드네

저 꽃 지면 남대천 둑방에는
찔레꽃 원추리꽃
수런수런 피어나고
오랜 세월 지난 뒤에도 한 사람
이 길 속 봄 속으로
종달새처럼 노래 부르며 맑게 걸어가겠네

그대와 나 이승에서 만날 수는 없고, 봄날은
꽃처럼

눈부신 그대처럼
시방 서럽게 피었다 지고 있네

꽃 진 왕벚나무 잎새 무성해져가고
그 아래 총명한 그대의
붉은 숨결은
전설처럼
이 봄 속 어딘가를 떠돌고 있겠네

그리운 누님께

— 허균

소낙비 쓸고 간 연못가를 저는 또 서성거립니다
한낮의 해는 다시 뜨겁고
더운 바람에 실려 오는 연꽃 향기는
왜 이다지도 향기롭습니까
규원閨怨을 떠올리며
저는 가슴속에 무엇인가 치밀어 오르는 것을 억누르고 있습니다
다만 눈 지그시 감고
누님과 앞서간 어린 조카들과
누님이 남기고 가신 시를 떠올리는 것입니다
누님의 발자국 같은 시 행간에서
우리의 가슴에 깊숙이 품었던
세상에 대한
사랑과 연민과 한을
눈물로 안타깝게 되새겨볼 뿐입니다
누님, 오늘 균이는 누님이 너무 그립습니다

헌시
— 허난설헌

바다는 산을 낳고
산은 마을을 낳고

마을은 집을 낳고
집은 딸을 낳고

딸은 시를 낳고
시는 모든 것을 낳았다

유柳가 들고 온 네프리솔 250

그 여자 늙어가네
늙어가는 그 여자 4월이 너무 눈부셨네
너무 눈부셔 늙어가는 그 여자 바람났네
한 3일 구멍 뚫린 무처럼 바람 들었네
그 바람
온몸이 들썩거리도록 여자를 흔들어놓았네

유柳 사랑하는 유가 찾아왔네
有, 네프리솔 250ml* 손에 들려 있었네
눈물처럼 맑은
아미노산 수액제였네
그 여자

유柔하게 내 혈관을 열었네
붉은 혈관을 열고
정맥보다 더 푸르른 바다를 흘려 넣었네
안목바다를 수혈해주었네
동해바다 출렁이듯
네프리솔 내 몸속에서 출렁거렸네

내 가슴도 뜨겁게 물결쳐 왔네

유流
4월 눈부신 햇빛 속으로
그 여자 4월이 흘러가고 있네
4월이 그 여자를 흘러보내고 있었네

* 영양제, 링거 주사액.

무실사거리

IC를 지나 7킬로 가량 가시면 사거리가 나옵니다
직진해서 가시다 보면 체육관이 나오고 다시
사거리를 지나가시다 보면 왼쪽으로 11시 방향에 의료원이 있어요
작은 골목을 조금 들어가셔야 해요

IC를 지나 왜 하필 7이라는 숫자일까요
집에 혼자 계셨는데 화장실에서 쓰러지셨대
6학년짜리 조카가 학교에서 와 보니까 외할머니가
거기 쓰러져 계시더래 이미

7은 더 이상 행운의 숫자가 아닌 거 같네
아까 지나온 영嶺에는 비가 내리고
안개가 너무 짙어 앞이 안 보일 지경이었어
무실無實, 그 속에는 더 잃을 것도 없어 보이네
무진無盡, 거기 누구 없나요

체육관, 단련할 몸도 거기엔 없네 무실…
사거리 더 잃을 것도 없네

어제 다녀온 춘자 언니네 상가가 떠오르네

검은색의 저고리를 입고
옷빛처럼 깜깜한 낯빛으로 사람들을 맞던 시인
늘 쌉싸름한 시간이 배어나오던 그 언니는
이제 죽음까지도 말할 수 있겠네
더 깊어지겠네 무실사거리

뭘 더 잃을 게 있나요
주신 게 달랑 이 몸 하나뿐인데
IC에서 7킬로 ic, 7은 더 이상 행운의 수가 아니라네
거기 조금 더 앞에 무실사거리 ic ic ic
더 잃을 게 없다고 하네

블루 스크린

플러그를 꽂고
하드웨어의 스위치를 켠 손가락 끝으로
모니터를 살짝 터치하듯 켜고
자, 이제 당신과의 부팅입니다
지금 나는 한글 97에
한 편의 시를 저장하려 합니다
자판 위의 손끝은 무디고
무딘 손끝으로 의미 부호들을 찍으며
나는 패, 경, 옥보다
더 신선한 (이건 순전히 내 생각이지만)
마, 석, 금 이름들을 떠올리며
수천 년이 지나가도 깨어지지 않은 다뉴세문경多鈕細文鏡*을
상상합니다
요즘 황사가 심합니다 황사는
어제 그토록 맑던 수평선을 잡아먹더니,
덜컥!
오늘 블루 스크린은
내 화면을
잡아먹어버렸습니다

갑자기…

말하자면…

나의 '로그아웃'이 사라져버린 거지요

(아뿔싸, 이 순간 이카루스가 떠오르는 것은 웬일일까요)

혹은 악성 코드나

또는 자동 설정 그런 환경 탓이랍니다

나의 하드웨어가 다 날아갈 판입니다

그 환경을 벗어날 수는 없는 건가요?

깨어지지 않는

천년의 거울도 있다는데 말입니다

* 청동기시대(초기 철기시대)에 만들어진 청동으로 된 거울. 잔줄무늬청동거울이라고도 함.

삶

수런거리는 소리…
벌써 아침인가?

헝클어진 머리를
쓸어 올리며 창문을 연다

동쪽 하늘은
붉은 융단을 깔고
해맞이 준비를 막 끝내고 있다

"굿 - 모닝
좋은 아침입니다."

습관처럼 뉴우스를 켜고
하루의 지나간 세상 얘기를 듣는다

칙, 칙, 치 - 이익
압력밥솥의 힘찬 소음

순간 뉴우스는
수증기로 사라지고

어느새 부신 햇살이
앞치마에 가득하다

에티오피아 모카하라

오래전
세렝게티의 넓은 초원
무리들 속에서 뛰놀던 임팔라
킬리만자로의 눈 녹인 바람을 코끝으로 맡으며
기린과 얼룩말들과, 아아 저 들판 건너에는
우리의 뜨거운 피와 따뜻한 살점을 노리는 사자들도 있었어
그들을 피하려면 무리들 속에 있어야 해
나는 날씬하고 잽싸고 영리한 임팔라
그리고 자유로웠지

몇 생을 건너 대륙을 건너
작은 반도 동쪽에서 나는 에티오피아 모카하라*를 어루만지고 있네
커피를 갈면 킬리만자로를 쓰다듬던 바람소리 들려오지
진한 향기의 뜨거운 커피는 열대의 고향을 느끼게 하네
양지 양지 끝없는 양지
대지의 수분이 다 걷히면 또
폭우가 쏟아지지 참 시원하게도 쏟아졌지

커피머신 반짝이는 몸통을 빠져나온 물의 온도는
정확하게 85℃와 90℃ 사이
여과지를 접고 그라인딩한 커피를 올리면
다음은 바리스타 우아한 주전자에 담긴 85℃와 90℃ 사이의 물을 부을 차례
조용히 에티오피아가 내리는 소리를 보노라면
드넓은 초원을 무리들과 달리던 발굽소리 요란하게 들리지
유유히 놀던…
코뿔소 그놈은 또 얼마나 우악스럽고 멋지던지 후후

난 그래도 눈길이 닿지 않던 드넓은 풀밭이 그립네
은색 장미가 그려진 찻잔도
테이블도
에티오피아를 담기엔 너무 좁잖아?
양지 양지 이글거리는 태양의 초원이
뜨겁게 뜨겁게 달콤하게 달콤하게 그립네
코끝에서 손끝에서 마냥 마냥

* 에티오피아에서 생산된 원두커피의 한 종류.

게발선인장꽃

몸뚱어리에 불 붙여
불전에 맹세하는 연비 수계야
근기 약한 나 같은
중생에게 필요한 것이거니

거룩한 성전에서의
생살 지지는 참회 맹세도
돌아서면
무너져 내리는 이 한 생에서나

아아, 이 아침 그대
어쩌자고
파랗고 긴 손가락 끝마다 불 붙여
훨훨 불 붙여
내 얼굴 이리 뜨겁게 화끈 달구시는가

배호, 특집 가요무대

한때 천재였던 그, 그의 목소리
유행으로 퍼져가는
길거리 손수레에서도 완전히 사라져버린

우리 사랑을 잃고 빈 몸으로
바다와 마주섰을 때
부서지는 흰 파도로나 위안이 되었던

삶은 별 이유도 없이 허망하고
청춘은 폭풍 없이도 쉬 꺾여지기도 하는 것
누구나 한 줌 흙으로 돌아가는 것이지만
때로는 아까운 묘비명도 있어

어느 날, 2005년 광복절 그 무렵
8.15 60주년 기념 케이비에스 가요무대에서
특집으로 불려 나온 그 육성이
잊었던 상처를 불러내며
눈眼보다 안개보다 더 물기 먹은 볼륨의 목소리로 노래
할 때

나도, 우리 집 친구도
한 방에 옛날로 돌아가
아련한 그 바다
비릿한 남풍에 가슴 헤쳐놓고
잊혀진 첫사랑을 아무 부끄럼도 없이 몰래 만나고 왔네

4월 햇살은 빛나고

2003년 4월 2일 아침
텔레비전 뉴스
홍콩의 영화배우 장국영이
투숙한 홍콩 만다린 오리엔탈호텔 24층에서 투신자살

해피투게더
패왕별희
백발마녀전
영웅본색
이도공간
그의 삶은 어느 쪽에
더 가까웠을까

누구나 생의 한 모퉁이에 서서
불빛을 찾아 서성이고
그리고 끝내는 외롭게 외롭게 돌아서며
두 뺨을 스치는 바람의
무게를 가늠해볼 때가 있지

아, 내가 거절한 손길은 얼마인가
내가 거절당한 손길은 또 얼마인가

사람은 누구나 어려운 한때가 있는 거라며
스스로를 위로하고
희망도 없는 희망의 끈을
신앙처럼 굳게 잡고서
부모나 혹은 고향에 두고 온 애인의 얼굴을 떠올리지
떨어져간 오리엔탈호텔 빌딩 숲 사이로
핏빛처럼 황홀한 4월 햇빛이 쏟아지고
바람은 옷깃처럼 가볍기만 한데

누군가 무심히
애인의 손을 굳게 잡고
해피투게더…
빛나는 햇살 아래 그 거리를
지금 지나가고 있으리

길 위에서 쓰는 편지
— 고흐 전람회

7시 40분발 고속버스를 탔습니다
강릉을 떠나 서울로 향하는
오랜만에 집을 떠나서일까 불현듯
두고 온 사람
지금 곁에 없는 사람이 그립습니다

엄마 갑갑해! 날 좀 어디로 데리고 가줘!
아이는 전화선 저편에서 절박합니다

"언젠가는 내 그림이
물감 값보다 더 많은
가치가 있다는 걸 알게 될 날이 올 거야"*
손목 잡고 이끌 누군가 곁에 있었다면
마지막 방아쇠를 당기는 손, 손목을 잡아줄
누군가가 있었다면…
동생 테오에게 쓴 편지를 보았습니다

곧 고2가 되는 아들놈을 전화선 밖으로 끌어내고
난 종업식 날인데잉 다소 징징거리는

중1 작은아이의 손목을 잡아끌고 떠나온
굽이굽이 산맥을 돌아온 길 저 멀리,
우리가 지나온 고속도로의
고가도로 교각이 환하게 보입니다

저 길을
우리는 이슥한 밤이 되어야 다시
돌아오겠지요. 누가
우표 없는 이 편지를 좀 받아주시겠어요?

타앙~ 소리 없는 총소리가
가슴을 뚫고 눈물처럼 지나가는 시간입니다

* 고흐가 동생 테오에게 쓴 편지의 한 구절.

독도블루스

오래전부터 만져보고 싶은
섬 하나 있었네
오래전부터 안아보고 싶은
섬 하나 있었네
강릉에서 뱃길 한나절
심해처럼 짙은 남빛 그리움을 안고 찾아갔지만
그대 눈앞에서
나는 바라보기만 하다 끝내 돌아서야 했네

드넓은 바다의 뺨
맘껏 춤추고 싶은 푸르른 플로어, 그 위
뜨겁게 쏟아지는 조명은 눈부신데
고독의 비단을 찢듯
굽이치며 루도淚道를 짓는 뱃전에서 바라본 당신은
다시는 볼 수 없을 것처럼 아득히 멀어져가고
그 길에서 느닷없이 떠오르며 사라지는
휘청거리는 지나온 섬들이
우아하게 한번 쓰다듬어본 적도
뜨겁게 어루만져본 적도 없었던 섬들이

산더미 같은 파도로 덮쳐오는데

나는 그저 아득해져서
어떤 파도도, 저 같은 섬들이
나를 따뜻하게 안아주지 않았다는 원망에 서러워
뼈만 남은 독도, 막막한 바위처럼
단단하게 검게
내 마음 자꾸만 파도에 젖어드네

낮잠

여름 해 기웃이
오후에 기대는 시간

박경리 선생 유고 시집
한 페이지 읽다가

구름 떠가는 하늘
한 페이지 보다

시집으로 얼굴 덮고
낮잠 한 페이지 졸다
깜빡, 눈 뜬 시간

마당가 늙은 꽃나무에는
무궁화꽃 송이송이 피어나고 있었네

2부

은빛 바다
— 안목에서

이별도 이곳에선 은빛으로 빛나

나 오늘 은빛 바다에 와 3만 평 내 바다에 온
은빛 노을로 스러지는 해를 보고 있나니
때로는 사랑도 물빛으로
흐느낌도 없이 다가와
지는 은빛 노을로 남는 것이라면

수평선은 지워져 그 위의 하늘도 지워져
격정과 증오도 그리움도 없는
잔잔한 은빛 노을처럼
지는 해로 내리는 것이라면

내 3만 평 은빛 노을이 진 바닷가에 서서 보노라니
내 몸도 노을로 묻혀 잔잔히 그 위의
하늘로 묻혀 그대로 은빛 바다로 흘러 흘러
바다와 하늘이 되어가는 걸

우리의 사랑이 마침내

마침표에 이르러 바닷가 핏빛 노을이 아닌
은빛으로 바다와 하늘에
저렇게 묻힐 수만 있다면
다시 뜨거운 이름 하나 가슴에 품는 일쯤
무에 그리 두려울까마는

이별도
이곳에선 저리 은빛으로 빛나는데…

안목바다
— 저무는 바다를 눈앞에 열어놓고

사람들은 저무는 바다에 와
팔짱을 낀 채 말없이 바다를 바라보고 있어요

바다는 한고비 태풍이 갓 지나간 뒤라
마음껏 제 길을 열어놓고
슬픔처럼 드러났던 해안가 바위뿌리에
다시 고운 모래를 덮어주기도 하는데,
언뜻

구름 터지는 틈으로 노을이
잠시 왔다 금방 사라지고

사람들은 저무는 바다에 와
길길이 드높은 물길에
저마다 슬픈 인연이나
상처 난 인연을 내려놓고 팔짱을 낀 채
말없이 오래도록
그 인연을 바라보다 돌아갑니다

삶에는 때로
작은 위로처럼 노래하는 인연이 있고
가끔은 무지개처럼 슬픈 인연도 있어
하루가 더욱 신비로운 것은 아닐는지요

오늘도 바다는
그가 지을 수 있는 가장 그다운 모습으로
저무는 하루를
저토록 오래오래
가득하게 풀어놓고 있네요

오후 4시 반
— 그 섬에 가고 싶다

나는 오늘도 어김없이
선선한 해풍과 짜디짠 해조음을 찻잔에 담아
눈썹 축축이 젖은 채 들어와 깊은 자리에 앉는
그래서 더 마음 쏠리는 손님에게 내색 없이 다가가
다탁 위에 조용히 찻잔을 내리네

바다는 유영하는 어족을 품고서
푸르른 동쪽 창을 쉬임 없이 흘러들고
오후 4시 반
서쪽 창으로는 햇빛 가득 밀고 들어와
둥글게 말아 올린 블라인드를 내리지만
어찌 내 마음의 롤 블라인드까지야 내리겠냐만

우리의 사랑이 오후 4시 반에 이르러서도 저렇게 눈부실까
바다는 바라보는 대로 무한 변하고
오후 4시 반의 햇빛은
블라인드를 통과하고서도 저리 환한데
입 다물었던 그리움들이

섬처럼 푸르게 돋는 시간

복어의 독毒처럼
나팔꽃처럼
치명적 그리움이 피어나는 시간
손님도 나도
흰 찻잔에 담긴 짜디짠 해조음을 마시며
독을 다스리는 다만 섬島이 되는 것이네

초가을 강가에서

그대 흘러가는 강둑에
홀로 피어난 들꽃으로 앉아
그대 굽이쳐 흐르는 모습
말없이 바라보고 있거니와

그대 내 눈길 모르고
흘러가는 그
물길에서
쉬임 없이 흐르다

어느 날 그 강에
푸른 하늘이 내려와
우수로 잠기는 날
하늘빛에 어린 내 모습 봐주길

내 그대 그리워
날마다 가슴 졸이며 야위어간 낯빛으로
그대와 마주치길 원치 않지만
그 또한 운명으로 여기며

그대 눈빛으로 내 생을 마지막 접어
초가을 강변에 어리울 때
그대 품으로 흘러서 가고
그러할 때 그대 내 모습 알지 못한다 해도

내 참마음속은
운명을 버리고 바뀐 기도와 같이
내가 떠가는 것이 아니라
그대가 나를 안고 흘러가는 것이 되어지기를
내 참마음속은

카랑코에와 자벌레

꽃 지고 볼품없어지는 건
너만이 아닌 슬픈 숙명이라 치고
푸르고 두툼한 네 잎만큼은 우직하기도 하구나!
창 하나를 내어준 카랑코에

코앞의 드넓은 바다를
해가 세 번 바뀌도록
길게
높이
오래 발돋움하더니

앞바다 수평선 저 너머
딴 세상을 보기라도 했는지
한 소식
기특하게 분홍꽃을 피웠다

그 분홍꽃 다 지우고 모래불이 뜨거워진 어느 날
나 몰래 파란 손님을 들였구나
둘이나 모셨구나

애당초 몇 개 안 된 여남은 잎 두툼한 이파리
그걸 다 바쳐 무주상보시를 실천하려 했니?
그리 작정했는지도 몰라

아등바등 사는 나 보라고
한 수 읊는 것인지도 몰라

협죽도 그 아래엔
— 삼다도

당신이라면 이러고 싶겠어요

삼나무 울타리를 지나고 편백나무 숲을 지나
368개 오름을
어루만지고 쓰다듬다 끝내는
걷잡을 수 없이 미친 듯 내달려온 저것
저것을 온몸으로 받아내자면
그래도 이 노릇이 그만인 것을

처음 솟구쳐 밀려올라올 때는
꿈조차 꿀 수 없었지요. 그렇다 해도
아, 이 몸 식은 뒤 깨달은 것은
허허벌판 아무데나 내팽개쳐진 하찮은 목숨 중 하나란 걸
우리 서로 부둥켜안고 엎드려 있으면
구멍 숭숭 뚫린 몸을
미친 것 같은 통바람이 두들기고 지나가요 그 후
가만히 두 눈 뜨고 하늘을 쳐다보면

몽게몽게 일어나는 구름 속 협죽, 협죽도 그 아래엔

그리운 품속만큼이나 넉넉한 수국이
애틋하게 나를 바라보고 있어
이 맛에 또
이 맛에 한동안은 이 몸을 잊고 사는 거지요
한동안은 이 섬조차 잊고 사는 거지요

구멍 뚫려 오히려 미련하지 않게요

간디

흰 접시에 담긴
달랑 한 개의 생선까스

간디의 백성 같다

크고 흰 접시에 담겨
마치 식물성 같은
영화에서 본 간디 같은
가난한 나라
가난한 나라 백성의

가난한 밥상이라는
생각 끝에 닿은
허름한 시인의
밥상이라는 자각에 놀란다
(감히 그 어른을 떠올리다니…)

안녕!
그때 마하트마 간디가 오른쪽 어깨로 유리문을 밀고

한 손을 조용히 흔들며
내 카페*로 들어서고 있다

나도 안녕! 하며 조용히 한 손을 흔들어준다
카페 안이 갑자기 물봉숭아 대궁 속처럼 환해진다

* 한때 나는 카페를 운영했다.

The Boxer*

나는 가끔 돌아가신 어머니를 떠올려요 내 이야기는 별로 누구랑 나눠본 적도 없지만… 나도 이젠 두 남자아이를 키우는 어머니가 되었죠 집안에서 내 목소리보다 아이의 목소리가 더 큰 날도 있었어요 나는 열심히 앞만 보고 사는 죄밖에 없답니다 가끔 너무 피곤해요 기운이 하나도 없어요 '만성피로증후군' 신문을 보고 알았어요 그런 증상 때문에 선수 생활이 힘든 운동선수도 있다는 걸 우리 가족은 내게 별 관심이 없는 것 같아요 나는 가끔 4층 뒷문을 열고 수직으로 난 비상계단의 작은 공간에 서서 바다 위로 뜬 달을 바라보곤 하지요 낮은 난간을 꽉 잡고서요. 바다에는 달빛이 수놓은 황금빛 출렁다리가 하늘을 향해 나 있어요 저 다리를 건너가면 어떤 세계에 닿을까 달빛에 아롱지는 바다는 정말 아름다워요 완벽하지요 사람들은 달빛은 원래 그런 거라고 말해요 가끔 시를 쓰는 사람도 그렇게 말하지요

"엄마, 딸기셰이크나 키위셰이크 해다 줘."

다소 뻣뻣한 아이의 전화를 자주 받아요. 나의 링은 30

평이나 되지요 글로브 대신 앞치마를 입고 때로는 지치도록 링 위를 뛰어다녀요 사장님 여기 500 세 잔 더 주세요 홀에는 '사이먼과 가펑클'의 음악이 나직하게 흐르고 있어요 테이블이 여섯 개, 바다를 향하여 난 둥근 창 아래 '빠'식의 의자는 일곱 개나 되지요 나는 이곳에서 보름달이 뜨는 걸 수없이 봐왔어요 달이 질 때는 사람들 틈에 끼어 인생을 배워요 늙어갈수록 세상에 대해 배워야 하는 게 많다는 걸 깨달은 것도 이곳에서죠

코리아냉동 사장님은 제빙기에 별 이상이 없으면 출장비를 안 받아요 드립커피 한 잔이면 족하지요 두잉커피머신**의 프리랜서 기술자는 기계를 뜯어놓은 채로 본사 기술담당과 계속 통화하면서도 기계를 개선시키지 못해요 출장비는 따박 따박 받아가지요 나는 분통이 터져 드디어 고액의 내 커피머신을 본사로 올려 보내기로 결정했어요

Lie la lie, lie la lie la lie la lie…***

내 주먹은 작고 힘이 없어요 쥐었다 풀었다 하는 건 내 정신이지요 그걸로 때론 오만한 사람들과 싸우기도 하지요 주먹이 판치는 세상에서요 때로는 지기도 하고 때로는

이기기도 하면서, 나는 작은 주먹으로 인생을 배우는 중이랍니다

흐린 날에는 달을 볼 수 없어요

아무것도 바꿀 수 없다는 건 슬픈 일이지만, 나는 정말 세상을 더 배워야 해요… "엄마, 침대에서 눈을 떴을 때 파란 하늘이 보이는 게 너무 좋아." 이사 온 집 12층 버티컬을 떼어내면서 약간의 강박증이 있는 아이는 내게 말합니다 그런 때 난 나보다 가끔 목소리를 크게 내는 아이에게서 희망찬 푸른 하늘을 듣습니다 내 이야기는 별로 떠든 적도 없지만… '떠날 거야 떠날 거야.' 하면서도 아직 남아 이곳에서 일하고 있어요 가끔 지금보다도 더 가난하던 시절의 어머니를 떠올리면서요 "말이 가면 소도 가는 법이란다. 너무 걱정하지 마라." 위로하시던 어머니가 그립네요

Lie la lie, lie la lie la lie la lie, la la lie la lie

* 사이먼과 가펑클의 노래

** 스위스제 커피머신

*** The Boxer의 노랫말

바다의 노래

당신,
뒤척이는 검은 바다의
등짝에
황금빛 긴 불칼을 푹
꽂았군요

하늘에는 맑게 씻긴
심장 하나
살포시 걸려 있습니다

나의 해운대

반짝이는 물결 위로 들려오는
음악 같은 미풍에 귀를 열어
나는 듣네
오래전 나를 충분히 적셨던
용필 오빠의 돌아와요 부산항에…

눈부신 햇살 속에서 멀리 오륙도는
그 옛날 그 자리에 멈추어 있네
흐릿한, 그러나 내 기억은 잊은 채 흘러 흘렀네. 시간들은
구름을 끌고 수평선 너머로 사라지는 바람같이

엄마, 저거 아우디야! 확실히
이제 나는 저 로고를 기억하겠네
옆으로 누운 겹쳐진 네 개의 둥근 '원'
나를 다시 여기로 오게 한 건 저런 둥근 원이었을까
운명의 힘이었을까

아이는
한 대 지나 또 한 대가 있다며

반짝이는 로고를 환호하고,
나는
반짝이는 물결 해운대를 환호하네

몇 개의 해운대 암소갈비집들이 부드럽게 지나가고
우리는 돼지갈비를 즐겁게 꿀꿀거리며 뜯었네
바다의 숲에서 해림*

내가 꿈꾸었던 것들이 무엇이었는지
여전히 막연하고
분명한 건 잠시
영원처럼 통과해온 시간 속에 머물렀고
달착지근한 고기를 푸른 상춧잎에 싸 먹는다는 것인데…

자칭 센시블한 열여섯 살 아이는
엄마의 지나온 길들이 정말 정말
반듯한 포장길이 아니었던 걸 상상조차 안 한다는 것

그러나 상관없이
해운대를 감싸고 있는 도시는
햇살에 아주 아주 센시티브하게 빛난다는 것

* 식당 이름.

짝사랑

야금야금
누군가 내 마음을 갉아먹고 있네

한가위 지나고
팔월 열아흐레

흰 달빛
잔잔한 아래

봉숭아꽃 아련히 피어나는 밤

갇힌 언어들을 위한 시간

에어컨을 켠다고
열어놓은 창문을 닫는다고
운동화를 꺾어 신은 채 문지방을 넘다가
아차, 발목을 접질렀네
쓰러질 때의 통증 몇 겹은
느리게 지나갔지만
부운 발에 얼음팩을 얹으며
내 생의 어느 대목
마음만 앞세우고
신발 꺾어 신은 채 덤비다
발목 다쳤던 일들을 돌아보네

몇 개의 문들이 열릴 듯 닫히고
혹은 꿈쩍도 없이 열리지 않았던
끝내 넘을 수 없었던, 몇 개의
문지방도 있었으리
부은 근육에 냉찜을 하며
눈 감았던 아득한 통증
죽은피와 같이 살아낸 이 믿음직한 혈관

그 안에서 꽃처럼 향기롭게 순절한 나의 붉은피톨들
이제는 혈관을 활짝 열어
떨어져간 꽃들의 제자리를 찾아 뉘이고
늘어난 인대의 물리치료를 해주어야 하리
따뜻하게 온찜으로
부운 발목을 낫게 해주어야 하리
갇혀 있던 착한 언어들을
놓아주어야 하리

가을 운동회

큰애가 6학년
초등학교 마지막 운동회다
슬쩍, 오늘 엄마 못 갈지도 몰라
근무 스케줄 있거든
“에이, 기마전은 엄마가 봐줘야 하는데…
괜찮아 괜찮아
춘구가 앞을 가로막지 않으면 2등은 확실해.”
아쉬운 듯 큰녀석
“엄마! 그래도 와야지!”
3학년 작은녀석

각각
세월 묻은 만큼의 대답을 날리며
현관에서 아이들은 빗살처럼 튕겨져 나간다
두 아이가 떨궈낸
비늘들이
반짝 반짝 빛나더니 호로록
이내 하늘로 날아가 버린다

연이은 태풍으로
점심은 학교에서 급식이라는
잠시 우울 하나 머문다
오는 토요일에는
최고로 맛난 김밥을 말아야지
나는 살짝 우울을 밀어내고
즐거운 음모를 꿈꾸며 아파트를 나선다

'호호호 녀석들
오후에 나타난 엄마를 보면 좀 놀랠 거다.'

학교 운동장에서
만국기를 흔들다 온 바람이
머리카락 사이로 가볍게 빠져나간다
바람 냄새가
산뜻한 파란 하늘같이
높고 푸르다

11월 밤

불혹을 넘긴 씩씩한 어느 시인의
어린 시절 이야기를
내 아이 더 어린 시절 끓던 이야기와
덤덤히 섞으며 듣던
카페 〈그 섬〉의 11월 밤,
바깥은 해송을 뒤흔들며 밤바람 무척 세찹니다
경상북도 외진 마을에서 유학을 가
지방의 한 대학에 합격했는데
고교 출석일수가 모자라
입학이 되지 못한다는 사실에
부친은 대노하시고
급기야 곳간 문 바깥에 장석을 달아
그 덩치 큰 아들을 가두었다네요
모질고 찬 영하의 겨울바람에도
부친 가슴은 끓고 또 끓어올라
다섯 시간 동안 엇나간 아들을 가둔 채 몽둥이로 팼다고 하네요
두 사람 다 답답하고 불안하고
피가 거꾸로 치솟다가 막판에는 다 말랐을 겁니다

청소년 시절,
부모는 살기를 포기한 모양으로
자신을 가두고 세상 밖으로
나오지 않는 아들에 피가 말랐을 것이고
공부도 안 하는 아침자습이 왜 존재하느냐며
등교할 시간에도 방에서 나오지 않는 아들,
종종 학교에서 걸려온 전화에
궁색해서 좀 전에 학교 갔노라고 거짓말을 해야 했던 엄마는
늘 딛고 선 얼음판이 깨지는 악몽에
눈물 나 예전 여인네들 화병이 나서 뒤란에서 몰래 담배를
배웠다는
말을 떠올리기도 했다네요…
깨진 얼음판 속을 몇 번이나
허우적대며 기어 나와야 했을까요
더러는 꽃피우지 못하고 지레
병들어버리는 농작물 때문에 농사꾼은 어렵고요,

아이가 딛고 선 땅바닥은
사막의 모래처럼 황량하고 뜨거운 것일까요
그래서 자신을 가두는 것일까요
바닥난 커피는 잔 속에
말라붙고
따끈한 엽차도 식은 지 오랩니다만,
농사철이 지나도 저 흉작의 밭에서
시퍼렇게 말라가는 무 배추 포기를 또 보면
이래저래 농사꾼은 피눈물 납니다
애간장 다 탑니다

가을 달

여덟 이랑 고구마 밭 건너 가파른 산
산 어귀 드문드문한 동박나무*
동박나무 까만 열매 먹는 조고만 박새

지난봄 저 산
어느 나뭇가지에 앉아 우는
소쩍새 소리를 들었네
솥 적다 솥 적다 솥 적다

그 뒤로 뻐꾹새 이어 울고
꾀꼬리도 울고
그 산에서 우는 새소리 따라
지금 동박잎 노랗게 물들어가네

동박기름 곱게 바른 그분의 쪽진 머리
20여 년 전 가신 하늘나라
올해 그곳에서 막냇동생 만났을 우리 어머니
어머니 얼굴에 비치는 차가운 가을 달

* 생강나무의 방언.

조금 무겁구나

뼈 위에 몸을 세웠네 발 하나를 접어 넓적다리 위에 얹어놓고 눈을 감고 가만히 숨을 쳐다보고 있네 내 숨구멍을 따라 매미 울음소리 여러 마리 들어오고 선풍기 바람 소리도 따라 들어오네 그 소리 심장을 돌아 몸 한 바퀴 빙글 돌아 손끝으로 발끝으로 흘러 닿더니 내 몸이 한 그루 나무가 되네 매미 소리 넘치는 나무가 되네

나무 위에 걸친 옷 하나를 벗네
이윽고
내 몸이 하는 말이 들리는 걸까
"조금 무겁구나."

문이 열려 있네
나무는 그곳을 바라보네 푸른 대숲이 있고 거기에 맑은 바람이 불어오네 내가 보고 있는 그곳에서 바람과 나무는 하나가 되고 내가 보고 있는 그곳에서 바람과 나는 하나가 되고 여기 서 있는 나무 한 그루와 저기에서 흔들리고 있는 대나무와, 대나무를 흔들고 있는 바람이 한 몸이 되어 서 있는데 비어 있지도 차 있지도 않은 그곳으로 여름

한낮의 햇빛이 비치네 햇빛이 스며들고 있네

위빠사나*

* 알아차린다는 뜻. 직관, 관조, 관찰을 하는 명상법.

미황사 종소리

안단테 칸타빌레*, 그리고 돌체**

새벽잠의 허리를 울리고
먼 달마산을 돌아와
다시 내 잠의 깊은 허리를
조용히 감싸며 흔들어놓는

관음의 금빛 눈물 같은
미황사 새벽 종소리는
해남 앞바다
송송히 돋아 있는 어여쁜 섬들의
푸른 새벽 귀를 열어놓고
돌아와
다시 내 곁에 누운

곤한 새벽잠을 어루만지는
관세음보살 손길 같기도 하고
어미 소 졸린 울음소리 같기도 한
미황사美黃寺 새벽 종소리

* 음악 용어. 느리게, 천천히 노래하듯.

** 음악 용어. 부드럽게.

3부

꽃

장미

말없는 말을 품고
창문 밖 서성이다
끝내는 타는 가슴 감추어내지 못해
네 우주 저리도 붉게 가시 둘러 피웠나

제비꽃

선자령 타고 내린
바람도 한숨 놓는
황톳길 다북솔 밭 따사로운 양지쪽
울 엄마 천년 집에는 제비꽃이 피었네

반야선 타고 가신 당신의 세상에선
부처님 염화시중
곳마다 넘치나요
울 엄마 제비꽃 말씀 제행무상 일깨우네

기다림

빈 길 따라
인적 드문 약수터
아직 봄 먼 햇살

푸른 여백으로 놓인
하늘 속
솔개 한 마리
G선으로 선회한다

뺑 뚫린 공간
팔랑거리며 떨어지는 깃털 하나
쨍
팽팽한 겨울 튕기는
깃털의 맑은 공명

꽁꽁 언 겨울 울리는
낮고
깊은 현絃 저 뒤쪽
숨어 푸른 쑥 냄새

춘삼월

봄이 오면
3월이 오면
산에 들에 진달래 피듯
내 마음에도 바람 불어 꽃 피어날 줄 알았지
내 마음에도 물이 올라 잎 피어날 줄 알았지

3월이 오면
어쩐 일인지 돈 걱정도 안 하고
어쩐 일인지 아이들도 걱정 없이 잘 클 줄 알았지
막연한 기다림
막연하게 무언가 기다리는 즐거움

어김없이 봄은 살랑거리고 오고
어김없이 쥐똥나무에 푸른빛 돌아

봄 햇빛 그리움 없이
실컷 끌어안고, 내 마음도
연연함 없이 봄처럼 필 줄 알았지
봄이 오면 내게도 개나리꽃 사랑 필 줄 알았지

어느새 3월 다 가고
개나리 빛 노랑 3월 다 지.나.가.고.

남은 봄이 내 손에서 밀끄덩
굴러 떨어지고 있지
미끈거려 도무지 잡을 수 없는 나의 봄

봄 길

나는 병아리 빛 바람
젖내 풍기며
단잠에서 깨어난 아가 같은
봄 길을 걷는다

흙은 엄마의 젖가슴
옹알거리는 아기
단ㅂ 입김 피워 올린 듯
속살거리는 듯
산수유 꽃봉오리 껍질 벗어
햇살 내리는 길 위로 부서져 날리는

차마 눈뜨지 못하는
황사 자욱한 하늘 너머
숨 막히게 다가섰던 보릿고개
영영 모르는
솜털 송송한 봄 길에서

미나리 빛 햇살

두 손에 움켜 담아
뱃속 깊이 밀어 넣으리니
오늘부터 내 몸에도
봄 한 줄기 열려라
포시시 산수유 빛, 봄아 열려라

개여뀌는 피고 지고

청령포 느릿한 여백지*에
분홍 개여뀌 지천으로 피었네
그 위로 쏟아지는 한낮
사공의 나룻배에 실려 마을로 오르는 가을이
기념사진을 박는
사람들 눈 속에서 잠시 추억으로 피어 설레다 흩어지고

지금 우리 아이와 같은 나이인, 어린
쫓겨난 왕의 눈물을 보듬었던 바람
솔숲에 섞이어 슬픔이 자라나던 독한 유배의 땅
관음송은 그 많은 탄식과 그리움을 듣고도
그저 이름값 하느라 입 다물고 있는지
나도 600년 묵은 그 앞에선
그만 말이 꽉 막혀
절벽 저편 건너 마을 어느 집 울타리 밖
거기서 가득히 영그는 붉은 수수밭만 바라보았네

어린 왕이 거처했던 집
마루 위에 걸린 한 편의 시에

깊숙이 젖어 궁색하게 노트에 옮겨 적다
그 시와 나이 어린 왕과 든든한 관음송
또 분홍개여뀌와 그 꽃이 피어 있는 동강 여백지가
다 함께 온전히 청령포에만 있어야 한다는 걸 깨닫고
그만 접기로 하네

청령포를 돌아 나오는 길

동강엔 따사로운 가을햇빛 내리고
다슬기 꼬물거리는 맑은 물속엔
버들치 어린 것들 종종종 떼 지어 몰려다니고
청령포 어귀 여백지엔
개여뀌 가을볕에 흐드러지게 피어 있네

* 강변 초입 모래밭 잡초 무성히 피어 있는 곳을 나는 여백지(地)라고 불러본다.

유월

말랑한 꽃잎 감꽃
밝은 유월 품었지
우리는 그때 말랑했지
홍시가 단 건
말랑하기 때문이지
곶감이 무서운 건 말랑하기 때문이지
시든 꽃잎처럼 이제는 떫은
유월
단감 감꽃 핀 나무 아래서 우린
장년을 위한 종목 단체 줄넘기를 했지
떫은 몸을 하늘로 밀어 올리며…
그때 감잎은
연둣빛 감잎은, 윤기가 흘렀지
말랑하던 우리 몸은
땅을 박찰 때마다 탁탁
줄에 걸렸지
우리는 그냥 유월이 딱딱해져가는 걸
느끼며 열세 번을 뛰어올랐지
하늘엔 구름이 흘러가고 있었지

햇빛은
말랑하지도 않고
딱딱하지도 않고
그냥 변함없이 밝고 환했지

겨울 숲에서

온몸을 관통하며 흐르던 물줄기
계곡의 마른 잎새 사이로 잦아들고
어둡고 거친 수피 속
아리게 감추어진
우물 속 두레박처럼 단단한 밧줄의 한 끈
튼실한 무게로 겨울 어르며

엄혹한 세상 속으로 내민
침엽의 수많은 푸른 손가락
저 의지에 넘치는 극기의 몸짓
더듬이인 양
허공을 향한 손가락 끝마다
전율로 다가오는 그 느낌

아련한 남풍에 이끌려오는
풋내 풍기는 봄빛은 반드시 오는 것
기어이 오고야 마는 것
마침내 개벽하듯
복수초

노오란 문 열리듯

토란잎 가을

토란 밭 소소소 지나가는
바람소리에 놀라

토란잎에 엎드려 있던
청개구리 한 마리 폴짝 뛰어내린다

그 위에 펼쳐진
파랗고 말간 가을 하늘

삼천포 선착장에서

삼천포 해상공원 유람선 선착장엔
팔도에서 모인 바람 뱃고동은 설레이고
수목화 이쁜 섬들은 사투리로 앉았드라

꽃피는 봄

구조라 유람선 터미널 앞
인적 드문 동네에서
공연히 서성이고 있습니다
바람은 산산, 낯선 마을의 밤은 깊어가고
인적 없는 저기 가로등 불빛 속
바람처럼 나타났다 사라지는
흰 고양이같이
나는 잠시 밤빛처럼 웅크리고
낯선 거제도의
밤바다 내음을 코끝으로 더듬고 있습니다

편의점에서 들고 나온
에스프레소는 두 손 안에서 식어가고
내 청춘도 시니컬하게 식을 대로 식어
꽃 피었던 시절을 돌아보는데
순간순간 우리는 꽃이 되어 피었고
그럼에도 그런 순간 꽃이었음을 제대로 알기는 했었을까
고개를 젓히고 가만히 낯선 거제도의
밤바다 공기를 마시는

지금 이 순간도
실은 매운 한 송이 꽃이 피고 있는지도 모릅니다

동해 삼척 울진 포항 경주 부산
강릉을 떠나 달리고, 또 달려온
벚꽃 핀 길이 아득하기만 합니다
낯선 마을의 밤 바닷가를
잠 못 이루어 서성이며
나는 이 꽃 또한 맥없이 지는 것만 같아
깊어가는 밤과 어둠 속에 묻힌 밤바다를
한없이 눈으로 더듬고 있습니다

오월의 숲

지난겨울의 혹독했던 차가움이여
이제는 안녕~
우리 오월의 숲으로 가
그곳에 가득 찬 숲의 정령들 노래에 귀를 정갈히 씻고
들꽃 위를 팔랑거리며 날으는 흰나비의 날갯짓을 보리

어디선가 아까시 꽃 피어 향기 올라 내 이마 스치면
나도 한 그루 나무로 피어
그리하여 수많은 숲속의 새들이 날아와
지친 날개를 쉬어가는 숲의 나무가 되어도 좋으리

한때 사무치게 마음 쏟았던 그리움이여
이젠 하늘을 날으는 산비둘기 울음소리에나 실려 가렴
그것은 이제 숲을 키운 햇빛이 되었나 보다
이 가득한 화엄 화엄 우주의 고마움을
숲속의 한 그루 나무는
불어오는 바람결에 흔들리는 잎새로 전하리

어딘가에 있을 그대여, 살랑거리는 바람이 이끌고

저토록 맑은 햇빛이 가득 쏟아지는
저 오월의 숲으로 함께 가지 않으려오

여름 1

밤새도록 비가 내렸다
빗소리에 자다 깨다 하는 짧은 밤,
문득 멀리 떠나 있는
작은아이의 안부가 궁금해
안부를 묻는다
“잘 있지? 별일 없지?”

사막을 날아 다섯 시간의 시간차를 돌아
금세 도착하는 말,
“내일 전화 드릴게요.”

먼 산이 빗속에 숨은
자욱한 아침

두 해 전 철갑령 아래
곰터골에 심어놓은
능소화가 피었겠다

산새가 물어다 떨군

참나리꽃도 피었겠다

여름 2

옥수수 대궁 사이로
지친 여름이 잠시 쉬고

검은 비닐 멀칭을 벗겨내고
감자를 캐는 동안
산 밑은 여러 차례 비가 지나갔다
비를 맞으며 들깨 모종을 하고
늙은 오이를 따
고추장에 무쳐 점심을 먹었다

산기슭 층층나무 꼭대기에서
말매미 길게 우는 오후
비에 젖은 봉숭아꽃
젖은 땅 위로 꽃잎 붉게 떨구고
꽃물들이던 손가락을 얹고 건너다보는
뭉툭해진 앞산은
방금 비를 뿌린 구름이
자욱하게
여우같이 지나가고 있다

유채꽃

유채
노란 꽃
노랗게 피어서 어지럽도록
남쪽
먼 바닷소리
꽃잎에 매달고

봄, 봄, 봄
혼미한 아지랑이 속에
저 혼자
미치도록 피어버린 꽃

군자란 1

아파트에 이사 오고 첫 봄
트럭에 가득 실려 온 꽃 중에
이름에 이끌려서
첫 봄맞이 기념으로 오천 원 주고 산
작은 군자란 화분 하나

'군자란' 들었을 때 그 이름 왠지 좋아
그대를 알기 전부터 막연한 내 즐거움
환하게 벙그는 꽃잎 이름 물고 터지네

군자란 2

쓸데없는 곁눈질 함부로 하지 마라

올봄 결화結花하는 대궁 틈새로
샛방 살림살이 네 생각 눈치 챈 날
첩실 머리끄덩이 휘잡아 뜯듯
전지가위를 들고
싹둑, 너의 딴 생각을 잘랐으니!
동트는 새벽 같은
붉고 이쁜 꽃 피우려마
그럼에도 너
왠지, 이 봄은 무지 꽝꽝 하겠구나

4부

비

비가 와야만 모를 내던
천수답 논둑에
비 온 뒤면 으레히
아버지께서는
생솔을 베어 말뚝을 꽝꽝 박으셨다.
햇살에 반사된 떡메가
눈부시게 공중을 오르내릴 때마다
산도 같이 꽝꽝 맑게 울리는 소리를 들으며
나는 그 소리만큼
힘찬 아버지가 보기 좋았다
생솔가지를 가로로 얹어 척척 걸쳐놓고
밀려 내린 논둑의 흙을 퍼 올린 뒤
삽 등으로 흙을 툭툭 쳐서
다져놓은 논둑
그곳에 나 있던 선명하던 삽자국도 나는 보기 좋았다

폭우로 뭉개어진 천수답
둑 없는 논둑 위로
뿌리 뽑혀 밀려와

아무렇게나 처박힌 소나무들을
어떻게든 밟지 않으려고 애쓰면서
아버지가 잠들고 계신
산을 오르며
그때 맑게 쾅쾅 울리던 산의
깊은 속 갈피에
비에 대한 무서운 기억 하나
추가되는 소리를
소름 끼치게 들었다
산이
목젖을 꾸욱꾸욱 누르며
낮게, 아주 낮게
흐느껴 우는 울음소리를 들었다

네잎클로버

언제였나, 나를 보러 오는 길에
우연히 눈에 띄었다며
내 손바닥에 초록빛 올려놓던 네잎클로버
나는 큰 행운이라도 올 것만 같아
두 손으로 곱게 받아
읽고 있던 책갈피에 넣어두었지
햇빛 따사로운 봄날
남대천 둑길 걷다 벤치에 앉아
찔레꽃이며 클로버
작은 꽃들이 풍기는 향내와
눈부신 봄을 함께 호흡하다
지난 일들 떠올라 그만 서러워졌다

그때 그 행운은 바로 네가 아니었을까?

이제 너는 돌아올 수 없는
먼 곳으로 떠나고
내 기억 속 책갈피에는
흰 눈 덮여 쌓였는데

그때 소중히 넣어두었던 네잎클로버
너는 참 오래도록 깊은 곳에서
아직도 행운인 양 살아 있구나
세월 가면 무디어지는 후각이나
촉각이 있기도 한 것이지만
봄이 핀 초록 들판
작은 꽃에서 풍겨나는 향기 속에
네잎클로버, 너는 아련하게 아직 피어 있구나

어머니의 마당

어느 해였나
백 년도 더 묵은 감나무
휘어진 가지가 시원히 그늘을 드리우는
초여름 날
어머니는 올여름 베를 짜기로
작정하셨는지
넓은 마당을 가로질러 길게
베실을 날므시려고* 채비를 차리셨다
물레질을 하고 양잿물에 삶아
풀태를 벗겨낸 베실을
길게 늘여서 걸어놓고
짧고 둥근 숱이 많은 솔을 풀에 적셔
정성스레 풀을 먹이는
투박한 손놀림이 지나가면
베실은 빳빳한 모습으로 새롭게 태어났다

물레를 자아 삼실을 감고
얼레에 감은 베실은 다시 긴 타래가 되고
긴 타래는 다시 양잿물에 이겨 빨아내고

곱게 풀 먹인 아름다운 삼베실을
만들어내는 일
세상에 이렇게 온전히 공들이고 정성들인
예술이 어머니 투박한 손끝에서
탄생되는 일이야말로 돌이켜보면
우리 어머니가 쓰신 시이고 예술이었다

내 머릿속 마음속 우리 어머니는
가난하고 의리 있고 정직하고 참 고집스러운
이름 없는 촌부였으나
또한 질긴 삼베실 같은 삶을
날마다 치잣물 들이고 풀 먹이며 살아낸
예술가임을 나 이제야 깨닫는다

* 베실에 풀을 먹이고 은은한 화롯불에 말리면서 손질하여 도투마리에 감는 작업 과정. 예전 강릉지방에서는 날믄다고 하였다.

아베마리아* 1
— 큰아들에게

초저녁 별들이
가로등으로 피어난 골목길
유난히 밝은 별 하나가
나풀나풀 걸어 나에게로 다가오고 있구나
머릿결 고운, 갸름한 얼굴의
조금은 작은 체구
안경이 꽤 어울리는 얼굴 가득히
가로등보다 더 환한
웃음을 머금은
큰아들아,
너를 집 앞 골목길에서 마주친 날
내가 입고 있는 옷의
모든 빈 주머니와 주머니
주머니의 주머니보다 더 큰
가슴속이
이미 다 차 있음을 난 깨달았다

밤하늘의 별들이
곱게 빛나고

가로등 핀 골목길은

별처럼 고운 저녁이었다

* 슈베르트의 曲.

아베마리아 2
— 둘째에게

네가 지구별로 오기 전에
우주 어느 별을 스쳐오다 우리 만났을
한 점 서늘한 그런 바람결을
나는, 나는 지금
이 별에서 만나고 있는 것이려니

아니면 전생, 나의 꿈속
넓은 바다를 돌고래 무리들과 거칠 것 없이
신나게 헤엄치다
못 견디는 호기심과 모험심으로

너도 모르게 이곳으로 왔는지 모르지만
이 모든 게 한바탕 꿈인지도 모르지만

꿈속의 사랑인지도 모르지만

나무는

길을 걷다 가만히 은행나무에 손 얹는다
머무는 늦가을 햇볕
따스한 수피의 온기
나무는
한겨울 견딜 이야기 그 속에다 품는 중

노크 소리 1

전화벨이 다소 불안한 공기를 가르네

여기 인천공항 강원도 데스크야 응 벌써 도착했어? 오느라고 고생했다 버스를 오래 기다려야 돼서 기분이 좋지는 않은데 그래도 엄마 아빠보다 내가 고생하는 게 낫지 그래그래, 미안하다 하지만 어쩐다냐 그래도 도청에서 강릉까지 운행해주는 버스가 있으니 얼마나 다행이니 승용차를 미리 보건소에 가져다 놓고 될 수 있으면 아파트 주민들 시선을 피하려 애쓰네 마스크를 끼고 위생 장갑을 끼고 현관을 들어서는 아이를 힘껏 껴안네 반갑다 오느라고 고생했다 등을 토닥이네 이제부터 방콕 14일, 똑똑똑 밥 먹어라 일회용 그릇에 담아 방문 앞에 놓고 노크를 하네 가끔 방에서 큰 소리로 '엄마' 하고 부르는 젊은 목소리가 집을 흔드네 가끔 볼륨 높은 음악 소리가 자꾸 방문을 활짝 열어젖힐 듯 터질 듯 기세 좋게 틈을 비집고 나오네 불안하던 집안 공기가 확 흩어지는 것 같네 휴우 나도 모르게 크고 긴 한숨소리가 흘러나오고 그 뒤로 작은 웃음이 따라 흘러나오네 오랜만에 우렁찬 아이 목소리가 집을 휘젓고 있네

똑똑똑… 밥이야 밥 먹어라~~

노크 소리 2

"연민은 필요치 않아."

노크 소리 들리네
— 안에 있는 거 다 아는데 문 좀 열지

방세가 석 달이나 밀려 있네
편의점 알바 끊기고
벽보 붙이기도 끊겼지
라면이 몇 개나 남았나?

구인란을 펼쳐서
꼼꼼히 살펴보네 이 기막힌 삶과 목구멍…
곧 겨울이니 거미는 보이지 않네
그러니 얼마나 다행이야

마지막 배춧잎 한 장
고이 넣고 꿋꿋하게 집을 나서네
휑해진 거리를 쓸고 온 바람이
마른 잎 편지를 자꾸 볼에다 배달해주네

이건 명백한 사고잖아!
코로나, 코로나, 코로나, 코로나
중얼거리는 입 속에서
차가운 바퀴소리 정신없이 들려오네

“연민은 필요치 않아.”
집을 나서기 전 입 안에서 맴돌던 말이
자꾸만 귓가에서 윙윙거리는 햇빛 희멀건 오후

작은아이와 엄마와 람보르기니

— 이건 내 꿈이 아니고
그럼 그럼 이건 너의 꿈이야!

뽀대나는 차를 타고
주욱 뻗은 버지니아주州를 지나
대륙을 횡단하던지
비취색 푸른 해변을 보며
산토리니를 향해 달리던지

도로변에 끝없이 끝없이 누런 밀밭이 일렁이던지
붉게 핀 부겐빌레아가 휙휙 지나가던지

— 공무원이… 그러시면 안 되지요 (외교관 작은아이)
— 아닙니다 오래전부터 이건 너의 꿈입니다 (엄마)
너의 반짝이는 람보르기니를 위해
잔소리쟁이 엄마는 말하지

— 자고로 사내는 큰 꿈을 가져야 하는 거야
연못에는 고래가 살지 않거든

금붕어가 고래의 생각을 하겠니
책도 아주 많이 읽어야 하고
그러자면 잠도 덜 자야하고
그럼 그럼 농구도 해야지, 그럼 그럼

— 엄마! 버스카드 충전해야 돼 만 원
농구공은 내 돈으로 샀어 2만 원, 3만 원 줘야지
— 알았어 알았어 줘야지

— 엄마, 람보르기니는 문이 위로 열려 이것 좀 봐!
— 와우~ 멋지다 이담에 이걸 사렴 (컴 앞에서)

가게 문을 닫고 동트는 새벽을 준비하는 하늘 밑을 걸어가네
흰 달빛에 젖어 있는 아름다운 밤길을 걸어가네
걸어가면서 생강차 두 잔이 카드 계산… 2.7%는 카드사에 주고…

빌어먹을 관료들이란

착한 국민을 부추기지
카드 사용을 권장하고
현금영수증을 권장하고

카드사는 직원을 뽑고, 나는 저녁 알바를 내보내네
그러면 가난한 시인의 장부는 날마다 커핏빛이고
카드사 직원은 삐까뻔쩍한 차를 타고
동해안으로 휴가를 오네

별똥별처럼 밤하늘을 휘익 가로질러
작은아이의 꿈같은 람보르기니가 달려가네
밤은 또 뽀송뽀송하게
반짝이는 별들을 그 길에 좌악 깔아놓았네

강물은 오래도록 쉬지 않고 흘러왔다*

우뚝 선 저 칠봉산은 알고 있지
곧고 푸른 교정의 저 소나무는 알고 있지

눈썹 푸른 선각자들이
뜻을 세우고 터를 닦은 곳,
배산임수 정기 어린 땅에
맑고 깊은 소리 울리는 종 하나
높이 걸었으니

그 종소리 잠든 마을을 울리고
새벽길을 깨치고 퍼져 나가
희망의 씨앗 뿌린 지 어언 90년

어린 아들 딸들아
눈을 크게 뜨고, 배우라
희망 가득 품고, 뜻 높이 세우라

저기
넓은 천지를 향해 나가

세상의 사람들과 손을 잡아야 하리
배움의 성을 쌓고 산같이 높은 꿈을 이루어야 하리

씨앗들은 척박한 땅에서도 끈질기게 자라났다.
한 세기 떠받드는 세상의 기둥이 되고

고난을 이겨내는
든든한 버팀목이 되어
어둡던 시절을 잘도 견디고 지켜냈다

산은 언제나 굳게 푸르고
강물은 오래도록 쉬지 않고 흘러왔다

훨훨,
성산초등학교가 품고 가꾸었던 수없이 많은 홀씨들이여!

큰 세상으로 나아가
뿌리 든든한 나무가 되어라

세상을 떠받드는
올곧은 기둥이 되어라
새소리 끊이지 않는 큰 숲이 되어라

감사합니다, 눈 푸른 선각자여!
감사합니다, 우리의 성산초등학교여!

산은 언제나 굳게 푸르기를
강물은 쉼 없이 오래오래 흘러가기를

* 모교인 성산초등학교 개교 90주년을 기념하여 쓴 시.

행복한 오월

오후 햇살을
곱게 펼쳐놓은 5월이
갈래머리 분홍 운동화 빛 같은 바람을
아파트 주차장 위에
가득 풀어놓고, 저만치
벤치에 앉아서 쉬고 있을 때

몰래 나는 보았지 우리 집 발코니에서

어떤 젊은 아빠가
어린 두 딸을 데리고 나와
인라인 스케이트를 신고
반바지에 무릎 보호대까지 하고서
갈래머리 작은 딸을 등에 업은 채
바람을 가르며 씽씽 달리는 풍경을

보조바퀴 자전거 큰딸아이와
앞서거니 뒤서거니
앞서거니 뒤서거니

그렇게 한창 재미나게 놀고 있을 때
5월 고운 햇살을
반짝이는 지붕 위에 가득 싣고서
승용차 한 대
미끄러져 들어오는데

— 브레이크! 브레이크!
그 젊은 아빠 큰딸을 향해 소리쳤지
조그만 딸아이는
아빠의 큰 등에 꼬옥 붙어서 볼을 비비고
은빛 자전거 바퀴살 사이로
분홍 운동화 빛 바람이 요리조리 빠져나가며
큰아이와 장난치며 놀고 있을 때

저만치
벤치에 앉아서 쉬고 있던
5월이
눈웃음 지으며 행복하게 웃는 환한 얼굴을

처음 오시는 것들 1

첫눈이 폭설로 내리고 다음날 공연히 당신 이름을 입속으로 불러보았지요 어느 맘 때던가 아직 겨울도 아닌 때 눈보라처럼 찾아온 몸살로 온몸이 쑤셔 끙끙거리던 그때처럼 한 봉지의 약을 쌍화탕에 풀어 목구멍 속으로 밀어 넣던 신열 끓던 그때처럼 한 잔의 에스프레소를 목구멍 속으로 밀어 넣으며 체온 유지를 위해 목이 약한 나는 감싸고 있는 머플러를 고쳐 매고 있었지요

동해 천곡동굴 근처 어디쯤
벌써 피었다는
복수초를 떠올려보던 그때
목구멍에 걸려 자꾸만
뱉어내려 안간힘 쓰며
노랗게 핀
흰 눈 속 복수초를 떠올려보던 그때

덮인 눈의 목구멍을 둥글게 녹이며 지상으로 피어오르던
연약하지만 연약할 수 없는 복수초
꽃 한 송이 떠올려보는 바로 그때였지요

내 마음에 당신이 첫눈으로 내리던 바로 그때였지요

첫눈 오는 밤

눈 내려 첫눈 내려 사락사락 사르락
저 허공 가득하게 눈발로 채워놓고
흰 눈은 내 발밑에서 곧게 부서지는데

아파트 담장 가 겨울에 핀 장미꽃
꽃잎꽃잎 겹겹에 가득 흰 눈 쌓이고
무수한 눈발 속에서 붉은빛 스러지는데

내리는 처음 눈雪과 가지런한 담장 사이
접지 못한 미련한 아직도 뜨거운 꿈
어쩌나… 흰 눈 쌓이고 겨울밤은 깊어가는데

처음 오시는 것들 2

포남동 구)동해상사 근처
어느 동네 골목길을 걷다
처음 만났습니다

호오 내쉬는 숨결에 놀라
소매 끝에 앉은 첫눈 행여 녹을세라
숨죽이고 바라봅니다

손바닥 내밀면
가만히 내려앉았다
이내 눈물방울로 변해버리는 눈송이

낮은 지붕들은
조용히 엎드려
내려오시는 눈발들을
고요히 모시는 중입니다

즈베즈다*

적들이 낌새를 알아챘어!
서서히 그물을 좁혀오고 있는데
늪 속으로 가라앉고 있는 전우의 처절한 몸부림

귀를 곤두세우는 적군의
총을 고쳐 잡는 하얀 손,
아직 가족과 연인의 온기가 남아 있을 손

피아의 총탄은 별처럼 허공을 날아가네
허공을 가르며 날아온 별에
지상의 푸른 별은 무수히 쓰러져가네

피를 토하는 병사 위에선
비둘기가 아아 그들의 영혼을 물고 날아오르네
[지구, 여기는 즈베즈다 지구, 여기는 즈베즈다…*]

바람의 허파를 가르며 쏟아지는
차가운 총탄이여, 이제는 그만 끝내다오

낮은 언덕에 흰 눈이 내려 덮이는 밤
텅 비었던 가지에 꽃 피어오르는 낮

공포와 피로의 모든 밤과 낮들

허공을 가르며 날아오는 별에
지상의 별이 다시는 스러지는 일 없기를
기도하는 모든 어머니의 곁에서
즈베즈다
그 별 오래 오래 함께 빛나주기를

* 슬라브어로 별. 제2차 세계대전의 실화를 바탕으로 2002년 제작된 러시아의 영화 제목. 영화 속 척후병의 통신 암호.

신화전민

2년에 걸쳐 일군 새 밭을
경운기로 로타리 쳐놓은
이틀 후
흙은 모두 가라앉고
수없이 많은 잔돌들이
땅속에 묻혀 있던 모습을 드러냈다
가득 퍼 담은 돌을 외바퀴 수레에 싣고
남편은 비탈진 밭에서 용케도 중심을 잘 잡는다
꾸역꾸역 흙속에서 잔돌은 끝도 없이 나오고
서툴지만 거든다고 뛰어들어
자그르르 돌을 긁어내리다 뒤돌아보니
내가 있는 쪽 경사진 축축한 땅
여기저기엔 수도 없이
쟁기 자국이 선명하게 찍혀 있다
허리를 펼 때마다 쟁기를 짚고 쉬었던 흔적들

예전 아버지가 일구어냈던 화전火田,
그때 당신은
주렁주렁 달린 자식들 배부르게 먹일 생각이

졸라맨 허리와 힘든 가슴속을 꽉 채웠을 것이다
얼마나 힘겨웠을까 가엾은 우리 아버지…

아이들은 다행스럽게도
제 앞가림하느라
우리 곁을 씩씩하게 떠나고
우리 내외 핏속엔 뜨거운 아버지들의 피가 흘러
그 피가 이끄는 대로
지금 이렇게 흙속에 서 있는 것은 아닐까

눈길을 돌리니
밭이 끝나는 산자락엔
연분홍 진달래꽃 노란 동박꽃
봄의 손길 산뜻한
저기 또 하나의 아름다운 화전花田이다

함박눈 내리는 밤

눈이 내리네
눈이 내리네
눈이 내리네 내려서 쌓이네
내려서 쌓이는 함박눈 밟으며
눈 내려 조용해지는 마을을 걸어보네
그냥 조용히
하얀 눈 맞으며 걸어보네

눈이 내려 그윽한 어느 집 유리창 안
내리는 눈을 바라보며
즐거워 재재거리는
아이들의 들뜬 목소리 웃음소리
눈 내려 쌓이는
눈 내리는 마을의 저녁을 걸으며
나도 내리는 이 밤의 눈처럼

이 마을에 하얗게 함박눈으로나 내렸으면

해설

시적인 것과 생활적인 것

서준섭

문학평론가, 강원대 명예교수

기다리던 첫 시집

서옥섭 시인의 첫 시집을 기다려온 독자 중의 하나이다. 일 년에 한두 번 만날 때 더러 몇 편의 시를 보여주었지만, 그 실물들 그 전모가 늘 궁금하였다. 시집 출판을 권한 적도 있고, 시집 해설은 내가 쓰고 싶다고 말하기도 했다. 이 시집의 교정쇄를 미리 보았는데 90퍼센트 이상이 처음 대하는 작품들이었다. 우리가 모르는 사이에 어느새 수준 높고 성숙한 작품을 쓰는 시인이 되어 있었다. 서옥섭은 나의 친누이라는 사실을 미리 밝혀두지만, 나는 시인과의 관계를 떠나 최대한 객관적인 입장에서 이 글을 쓰고자 한다.

서옥섭이 시를 쓰게 된 계기는 20여 년 전에 친구를 따라 평생정보관(현, 강릉교육문화관)의 문예창작반에 갔고, 그러던 중 강원도 18개 시군에서 동시에 개최된 강원여성백일장에 지인을 따라가 우연히 시를 써본 것, 가작으로 입선된 것이 하나의 계기였다고 한다. 시적 재능이 알게 모르게 잠재되어 있던 것이 어떤 계기에 의해 현실화되었다고 말할 수 있겠다. 프랑스 철학자 질 들뢰즈는 인간의 모든 능력 발휘는 '하루아침에 하늘에서 뚝 떨어지는 게 아니라, 인간 내면의 잠재적인 것'이 '현실적인 것'으로 나타나는 것이라고 말한다. 모든 시 창작은 많은 읽기를 전제하며, 좋은 작품을 쓰기 위해서는 명작들을 찾아 읽는 읽기 훈련과 반복적인 창작 연습을 요구한다. 사물과의 접촉에서 떠오르는 순간적 느낌, 떠오르는 순간적 이미지를 언어로 포착, 언어로 표현하여 하나의 시 형식으로 구현하지만, 그 결과물인 시작품들은 각자의 취향, 체험, 세계관에 따라 큰 차이를 보여준다.

시인이란 다른 사람과 똑같은 시민이되 일반인과 달리 시에 매료되어 작품 창작에 많은 시간을 할애하여 정진하고 그 결실을 독자와 함께 나누고자 하는 사람이다. 돈, 물질이 지배하는 현대 사회에서 작가(시인)는 삶의 궤도에서 이탈한 아웃사이더라든가, '길을 잘못 든 시민'(토마스 만, 「토니오 크뢰거」)이라고 하는 것은 일리 있다. 누이동생은 아이를 기르고 살림을 하는 평범한 가정주부지만, 40대 중반에 우연히 시인의 길을 걷게 된 독특한 이력을 지니고 있다.

시인의 탄생 - '어느 날 시가 내게 왔다'

이 시집에는 20여 년 간 쓴 작품들 중에서 자선한 70여 편의 작품이 수록되어 있다. 작품 발표연도가 명기되어 있지 않지만, 읽어보면 많은 작품들이 일상생활에 바탕을 두고 있는데, 서옥섭의 고향이 강릉이라는 사실은 이 시집을 이해하는데 좋은 정보가 된다. 강릉의 문학적 분위기 속에서 성장한 시인이다. 강릉은 아름다운 풍광이 있고, 오랜 세월 동안 축적된 문화와 전통이 숨 쉬고 있는 고장이다. 40대 늦깎이로 1990년대 말에 시를 쓰기 시작했는데, 비슷한 경우를 들자면 40대에 등단한 소설가 박완서가 있다.

일반적으로 모든 시인(작가)들은 어떤 정신적 가난함, 결핍감에서 창작의 길로 접어든다. '있는 것과 있어야 할 당위' 사이에서 움직이는 현실을 응시, 성찰하며 실존적이자 시적인 삶의 비전을 모색하고자 한다. 모든 시인(예술가)은 자신의 영혼을 증명하기 위해 창작의 길 위에 선다. 도로 위의 자동차 운전자들은 길 안내판을 따라가면 되지만, 창작의 길이란 그렇지 않다. 스스로 길을 만들며 그 길을 따라 앞으로 나아가야 한다. 순간적으로 떠오른 하나의 이미지, 몇 개의 단어가 시작품의 단초가 될 수 있지만 시란 써보아야 아는 그런 것이다. 어떤 시집 읽기도 읽어보아야 알 수 있게 되는 그런 것이다. 여기서 독자는 그 초기작들에 주의하여 특별히 눈여겨 보고자한다. 왜 그런가. 그의 출발점, 감각과 취향, 언어와 시 세계, 세계관 형성의 어떤 단초를 이해하는데 중요한 단서를 제공하기 때문이다. 출발점을 이해해야 이후의 전개 양상을 제대로 볼 수 있다.

세 편의 초기작을 편의상 한 자리에 모아 읽어보자.

1) 수런거리는 소리…/ 벌써 아침인가?// (…)// 동쪽 하늘은/ 붉은 융단을 깔고/ 해맞이 준비를 막 끝내고 있다// "굿-모닝/ 좋은 아침입니다."// 습관처럼 뉴우스를 켜고/ 하루의 지나간 세상 얘기를 듣는다// 칙, 칙, 치-이익/ 압력밥솥의 힘찬 소음// 순간 뉴우스는/ 수증기로 사라지고// 어느새 부신 햇살이/ 앞치마에 가득하다

—「삶」(제24회 강원여성백일장 시부문 가작, 1999) 부분

2) 비가 와야만 모를 내던/ 천수답 논둑에/ 비 온 뒤면 으레히/ 아버지께서는/ 생솔을 베어 말뚝을 꽝꽝 박으셨다./ 햇살에 반사된 떡메가/ 눈부시게 공중을 오르내릴 때마다/ 산도 꽝꽝 맑게 울리는 소리를 들으며/ 나는 그 소리만큼 힘찬 아버지가 보기 좋았다/ (…)// 폭우로 뭉개어진 천수답/ 둑 없는 논둑 위로/ 뿌리 뽑혀 밀려와/ 아무렇게나 처박힌 소나무들을/ 어떻게든 밟지 않으려고 애쓰면서/ 아버지가 잠들고 계신 산을 오르며/ 그때 맑게 울리던 산의/ 깊은

속갈피에/ 비에 대한 무서운 기억 하나/ (…)/ 산이/ 목젖을 꾸욱꾸욱 누르며/ 낮게, 아주 낮게/ 흐느껴 우는 울음소리를 들었다

— 「비」 (제5회 허균, 난설헌 문화제 전국백일장 장원, 2003) 부분

3) 말없는 말을 품고/ 창문 밖 서성이다/ 끝내는 타는 가슴 감추어내지 못해/ 네 우주 저리도 붉게 가시 둘러 피웠나(장미)

선자령 타고내린/ 바람도 한숨 놓는/ 황톳길 다북솔밭 따사로운 양지쪽/ 울엄마 천년 집에는 제비꽃이 피었네(제비꽃, 전반부)

— 「꽃」 (난설헌 여성문화축제 전국백일장 장원, 2003) 부분

1)은 아침을 맞는 일상 주변의 서로 다른 이미지들을 마치 크로키 하듯 포착하여 하나의 작품으로 조형해낸 작품이다. 시인의 시적 순발력을 엿볼 수 있다. 2)는 시인의 돌아가신 아버지에 대한 기억— 유년기의 자서전적 기억을 드러내고 있는 작품이다. 폭우 후의 아버님 묘소 성묘 기억과 '떡메로 말뚝을 꽝꽝 박던 아버지' 생전의 기억의 단편을 포개놓고 있다(시의 제목은 나머지 작품들과 마찬가지로 모두 백일장에서 제시된 시제라 한다). '비'의 기억을 현재로 끌고 와 과거와 현재, 기쁨과 슬픔, 삶과 죽음의 문제, 나아가 자연 재해에 대한 상념이 교차되고 화자의 감정이 이입된 작품이다. 3)은 시조 작품이다. '꽃'이라는 단일 제목에 다른 소제목을 붙인 시조 형식이되,

'장미'는 대상에 그것을 대하는 시인의 내면, 감정을 투영한 시이고, 2연으로 된 '제비꽃'은 돌아가신 어머니에 대한 그리움과 애도의 감정이 이입되어 표현되고 있다. 현재의 시간과 기억의 시간, 서로 다른 오브제를 재치 있게 하나의 작품 속에 병치, 공존시키면서 하나의 통일된 작품으로 만들어내는 시인의 개성적인 상상력과 언어 조형력(재능)을 엿볼 수 있다.

이 세 초기 작품들은 몇 가지 특성을 보여준다. 첫째, 소재와 주제가 어느 하나로 굳어지지 않은 유연성을 보여준다. 달리 말하면 자기 정립을 위한 실험과 모색의 정신, 언어와 테마 양면에서 시인의 어떤 진취성을 보여준다. 둘째, 주어진 시제를 개성적인 시선과 안목으로 소화하여 자기만의 언어로 완성해내는 시적 순발력과 재능을 함께 보여준다. 작품의 완성도면에서 그 수준이 높은 편이다. 셋째, 서정시와 시조 형식이 공존하는 형식적 실험 정신을 볼 수 있다. 또한 이 세 작품들이 모두 '백일장'이라는 독특한 창작 환경에서 쓴 당선작이라는 점, 그것도 한 번이 아니라 세 번이나 당선 되었다는 사실은 특기할 만하다.

다시 요약하자면, 시인은 잠재적 시적 역량을 백일장이라는, 여러 시 지망생들이 참여하는 공개적인 문학 행사장에서 거듭 공인받는 계기를 마련함으로써, 이제 시인으로 자신감 있게 창작 생활을 시작할 수 있는 발판을 마련하게 된 것이다(이 백일장 행사와 당선 사실들은 강원일

보에 보도되었다고 한다). 전체적으로 보면 창작의 모색기요 실험기의 작품들이라 할 수 있다. 시인의 잠재적인 시적 재능이 실물로 현실화된 것이다. 이 출발점에서 공식 등단작까지의 거리는 그리 멀지 않다.

이별도 이곳에선 은빛으로 빛나

나 오늘 은빛 바다에 와 3만 평 내 바다에 온
은빛 노을로 스러지는 해를 보고 있나니
때로는 사랑도 물빛으로
흐느낌도 없이 다가와
지는 은빛 노을로 남는 것이라면

수평선은 지워져 그 위의 하늘도 지워져
격정과 증오도 그리움도 없는
잔잔한 은빛 노을처럼
지는 해로 내리는 것이라면

내 3만 평 은빛 노을이 진 바닷가에 서서 보노라니
내 몸도 노을로 묻혀 잔잔히 그 위의
하늘로 묻혀 그대로 은빛 바다로 흘러 흘러
바다와 하늘이 되어가는 걸

— 「은빛 바다-안목에서」(월간 『예술세계』, 2005년 12월호 신인상 수상작) 부분

서옥섭은 이 작품을 한국예총에서 발행하는 『예술세계』에 남진원 시인의 추천으로, 당선됨으로써 시단의 관례적인 등단 절차를 마친다. 인용에서 보듯 작품의 분위기가 그 전 작품들과 사뭇 다름을 볼 수 있다. 호흡이 유장해지고 주제도 변화하였다(서울 동숭동 예총회관에서 열렸던 신인상 수상식장에 서울에서 방송국 PD로 일하는 동생과 함께 가서 수상 기쁨을 함께 나누었던 기억이 생생하다). 시인에 의하면 그 사이 창작의 진전을 위한 남다른 노력이 있었다. 처음 백일장에 당선된 이후 친구들과 함께 강릉의 문화센터에서 남진원 시인이 연 시창작 교실에서 한동안 공부하였고, 그 후에는 관동대학교 평생교육원에서 심재상 교수(시인)가 담당한 '시읽기, 현대시읽기' 강의를 7학기 동안 수강하기도 했다고 한다. 대략 1990년대 말에서 2000년대~2010년대 말까지의 시인 이력에 해당된다. 문학 공부는 혼자서 하는 것보다 친구들과 함께 하는 게 생산적이다. 강원도여성문학인회, 한국생활문학회, 강릉문인협회, 관동문학회 등에 가입하여 여러 시인, 문인들과 교류하면서 본격적인 작품 활동을 전개하였고 그 활동은 현재에도 계속되고 있다.

이 즈음의 한국 사회의 시대적 분위기를 덧붙여보자. 1990년대는 민주화가 이루어지고, 세계화(지구화), 외국 문화 개방, 컴퓨터의 보급으로 정보 사회, 네트워크 사회, 탈냉전 등의 용어들이 일상생활 속에 확산되던 시대이다. 문화적으로는 '서태지와 아이들'로 대표되는 또래 가수들의 등장과 활동, 영상 시대를 맞아 여러 영화잡지가 창간되어 큰 인기를 끌고 있던 시대이기도 하다. 문학에서는, 민주화 분위기로 종래의 엄숙한 문학 풍조가 퇴조한 자리에 장정일, 유하, 함민복, 박용하 등의 '21세기 전망' 동인, 일상성을 중시하는 나희덕, 이동율 등의 '시힘' 동인들이, 소설에서는 신경숙, 성석제, 윤대녕 등 신세대 작가들의 작품 활동이 본격화되었던 시대이기도 하다. 서옥섭의 경우도 크게 보면 1990년대 이후의 변화된 이런 문화적 분위기를 호흡하며 시창작 활동을 하였다. 시집 속에 「The Boxer」와 같은 팝송이나 음악, 영화에서 모티프를 얻고 쓴 작품이 눈에 띈다.

강릉, 시인의 문학적 고향 — 시인 '허난설헌' 시 연작

강릉이 시인의 문학적 터전, 그 출발점이라고 했지만, 이에 대해 역간의 보충 설명이 필요하다. 강릉을 빛낸 옛 인물로는 이율곡, 신사임당, 허균, 허초희(난설헌) 등이 있고 근대 이후의 문인으로는 김동명, 김영동, 엄창섭, 심재상, 남진원, 이홍섭, 박용하, 김선우, 신봉승, 서영은, 윤후명, 이순원, 김별아, 김은숙(드라마) 등 여러 문인들이 있다. 시인의 작품 세계를 이해하는 데는 그 중에 허난설헌, 허균이 특히 중요하다. '허씨 남매 이름이 들어간 문화제' 백일장을 플랫폼 삼아 시적 출발을 했다는 점에서도 그렇지만, 시집 속에는 '허난설헌' 연작이라고 명명해 볼 수 있는, 시인 허난설헌을 모티프로 한 3편의 시가 들어있다는 점에서 그렇다.

바다는 산을 낳고
산은 마을을 낳고

마을은 집을 낳고
집은 딸을 낳고

딸은 시를 낳고
시는 모든 것을 낳았다
—「헌시-허난설헌」 전문

연작 중에서 이 작품은 강릉 출신 옛 시인에 대한 헌시이자 시에 대한 헌사이다. 마지막 연의 “딸은 시를 낳고/ 시는 모든 것을 낳았다”는 구절이 주의를 끈다. 간명하지만 시인 자신의 처지(여성)와 시에 대한 사유가 동시에 드러나 있는 작품이다. 두 번째 작품 허균을 화자로 내세운 「그리운 누님께」는 허난설헌에 대한 시인의 사유가 더 직접적으로 드러나 있다. “더운 바람에 실려 오는 연꽃향기는/ 왜 이다지도 향기롭습니까/ 규원閨怨을 떠올리며/ 저는 가슴속에 무엇인가 치밀어 오르는 것을 억누르고 있습니다/ (…)/ 누님의 발자국 같은 시 행간에서/ 우리의 가슴에 깊숙이 품었던/ 세상에 대한/ 사랑과 연민과 한을/ 눈물로 안타깝게 되새겨볼 뿐입니다/ 누님, 오늘 균이는 누님이 너무 그립습니다”(「그리운 누님께-허균」). 허균이 누님에게 전하는 말은 시인 자신의 난설헌 시에 대한 해석이자 여성 시인으로서의 이 시를 쓸 당시의 자의식을 표출한 것으로 읽어도 될 것 같다.

꽃 핀 왕벚나무 한 그루
내리는 빗속에 묵화로 서 있네

(…)

저 꽃 지면 남대천 둑방에는

찔레꽃 원추리꽃
수런수런 피어나고
오랜 세월 지난 뒤에도 한 사람
이 길 속 봄 속으로
종달새처럼 노래 부르며 맑게 걸어가겠네

그대와 나 이승에서 만날 수는 없고, 봄날은
꽃처럼
눈부신 그대처럼
시방 서럽게 피었다 지고 있네

꽃 진 왕벚나무 잎새 무성해져가고
그 아래 총명한 그대의
붉은 숨결은
전설처럼
이 봄 속 어딘가를 떠돌고 있겠네
—「왕벚나무-허초희」 부분

옛 시인의 삶을 현대의 현실적 생활 속으로 끌고 와 자신을 여성 시인으로 재인식하면서, 앞으로 걷고자 하는 시인으로서의 길에 대한 비전과 내면적 결의를 표현한 작품이다. 애잔한 감정이 숨겨져 있지만, "종달새처럼 노래

부르며 맑게 걸어가겠네"라고 쓰고 있다. 제목과 발상법, 상상력과 내용이 대단한 솜씨가 느껴진다. 난설헌을 주제로 여러 시들이 창작되었고, 앞으로도 그렇겠지만 이 연작처럼 쓰기는 쉽지 않다. 여성 시인이라는 자각을 드러내면서 온전한 자기 세계를 구축해 보이고 있다는 사실은 시에서 큰 진전이 있었음을 말하는 것이다.

전체적으로 다시 볼 때, 이 연작은, 딸로 태어난 시인이지만, 시인은 '모든 것을 낳는 자'(창조하는 자)라는 인식, '세상에 대한 사랑, 연민과 한', 규원(남성 중심 사회였던 조선조 안방 여인의 원망), 슬픔 등의 감정을 간직하고 있지만, 이를 시적으로 승화, 순화시켜 작품으로 재창조하겠다는 내면의 결의는 이후의 시적 행보를 예고하는 것으로 볼 수 있다("종달새처럼 노래 부르며 맑게 걸어가겠네"). 봄길 어딘가를 떠도는 자의 정서는 화자가 걷고자 하는 시의 길, 마음속 감정을 절제하는 현대 시인의 길이 아니겠는가. 시인은 여성의 위치에서 시를 쓰고 있다는 사실을 자각하지만 페미니스트로 자처하고자 하지는 않는다. 고장의 옛 시인의 유산을 통해 자신을 구성하고자 하며, 그 문화 전통을 활용해 자기 세계를 모색하고자 한다. 시대가 다르고 처지가 다르다. 옛 시인은 요절했지만 시인은 중년의 삶을 살아가고 있다.

이렇게 해서 시인은 강릉의 문화적 전통을 재창조하고, 독자적 시 세계를 펼쳐나가는 현대 시인의 일원이 되었다. 난설헌은 초당 허엽의 딸로 사대부 집안에서 태어나 그 시대의 지식을 쌓고 덕성을 기르는 사대부 집안의 교육 속에서 자라났다. 그는 조선조 사회의 매우 독특한 인물-시인으로 살았던 인물이다. 서옥섭이 난설헌 시인에 대한 연작들을 쓰게 된 동기는 무엇일까. 어떤 공감이 있었기 때문일 것이다. 여기서 언뜻 생각나는 사실 하나는 우리가 어릴 때, 집에 함께 살았던 외할아버지에 대한 공동의 기억이다. 다른 하나는 뒤에서 언급되는 '군자란'이라는 제목의 시 두 편이다. 우선, 유년기 집안의 외할아버지는 시골 한학자로서 동네 서당 선생이었는데, 우리 형제들은 이분에게서 천자문을 배운 공동의 기억을 간직하고 있다. 나는 옛 학문이 어쩐지 고리타분하다는 생각이 들어 현대 문학을 공부하게 되었지만, 누이가 문학을 하게 된 것도 그 어린 시절의 천자문적인 분위기가 알게 모르게 작용한 것이 아닐까(외할아버지는 한시를 지었다). 두 번째 사실 즉 '군자란'이란 제목의 두 편의 작품은 소품이지만, 그 제목이 눈에 띄는 작품이다. 스스로 군자란이란 이름의 꽃 화분이 왠지 좋다고 말하고 있는 시인데, 그 두 번째 작품에는 삶 속에서 생기는 여러 불필요한 잡념들은 잘라내야 한다는 전언(정신 수양)을 비유적 언어로 표현되고 있다. 여기서 군자라는 용어는 지식을 쌓고 덕성을 기르는 전통 사회의 선비의 이상적 인간상을 표상한다. 군자 되기는 선비들의 공동의 이상이었다. 이 군자를 현대적으로 바꾸면 교양인, 교양 있는 시민이라는 말이 될 것이다. 난설헌 연작과 이 「군자란」 연작을 연결시켜 보면, 시인의 정신적 지향이 조금씩 드러나는 것 같다. 시인은 그냥 시를 쓰는데 머무르지 않고 교양 있는 인간, 즉 정신적으로 성숙한 교양 있는 시인 정신을 지향하고 있다고 말할 수 있다. 교양을 쌓고 덕성을 가꾸어야 정신적으로 가치 있는 작품을 생산할 수 있는 것으로, 40대에 시를 쓰게 된 시인다운 생각이라고 본다.

서옥섭의 작품들은 지금까지 본 작품들에 벌써 잘 나타나 있듯이, 시인의 마음속 감정을 직접 드러내기보다는 이를 절제하거나 순치, 승화시켜, 순화되고 고양된 정서와 정신적 분위기가 작품 속에서 풍길 수 있도록 하는 창작 태도를 보여주고 있다. 시적 대상과 인간, 사물을 작품으로 변용할 때 따뜻한 시선과 긍정적인 눈길을 보내는, 그런 작풍을 견지하고 있음을 볼 수 있다. 이렇게 말하는 것은 다양한 시 세계를 너무 단순화시키는 감이 없지 않지만, 실제로 읽어보면 공감할 것이다. 여성이라는 자기 인식은 교양 시민적인 품격을 겸하고자 하는 정신적 지향과 서로 중첩되어 있다. 작품 세계가 상당히 넓어지고 서정시로서 품격을 유지하고 있다는 사실은 이 시집을 읽는 독자가 유념해야 할 포인트이다. 난설헌 연작시 3편은 절제된 언어와 그 정신적 지향을 엿볼 수 있게 한다는 점에서 작품 전체에서 중요한 위치에 있다.

작품 「The Boxer」 주변 - 바닷가 카페, '그 섬에 가고 싶다'(2006~16)

서옥섭은 2000년대 초부터 강릉 안목 바닷가(현 커피 거리)에 위치한 카페 '그 섬에 가고 싶다'를 약 10년간 직접 경영한 적이 있다. 이 카페는 시인의 새 캠프였다. 일터이자 서재이고 집필실, 응접실이자 시인, 예술가들이 모이는 사랑방이었다. 엘리베이터를 타고 올라야하는 4층에 있었고 동쪽 창밖에는 드넓은 푸른 동해가 춤추고 있고, 북쪽으로 하얀 모래사장이 끝없이 이어지는 경포 앞바다가 바라보인다. 그야말로 '뷰'가 끝내주는 곳이었다. 문을 열고 들어서면 실내 가득 음악이 흐르고, 출렁이는 동해 바다 풍경이 바로 눈앞에 펼쳐져 있다. 대자연의 무한한 에너지를 느낄 수 있고, 주인이 직접 만들어주는 커피 맛이 최고급이었던, 명당 카페였다(카페 이름은 시인 정현종의 시에서 가져온 것임). 벽에는 크게 확대한 문학 관련 사진과 시화들이 있고 몇 개의 화분들이 놓여 있었다(곳곳에 흩어져 살고 있던 형제, 자매들이 모이거나 집안 행사가 있을 때면 함께 모이는 만남의 장소였기에, 그곳의 분위기는 내 기억 속에 아직도 생생하다).

이야기가 길어진 것은 이 카페가 시인의 창작 생활 전체에서 중요한 의미를 지닌 공간이기 때문이다. 작품들을 읽노라니 이즈음 이곳에서 쓴 작품으로 짐작되는 것들이 여러 편 있다. 그중에서 특히 작품 「The Boxer」, 「에티오피아 모카하라」, 「무실사거리」 등은 이 시기에 쓴 시로서 꼭 짚고 넘어야 할 작품이다. 「The Boxer」는 두 남자아이를 키우는 엄마로서 이즈음의 워킹맘의 생활과 작품상의 어떤 변화를 읽을 수 있다. 인용해보자.

나의 링은 30평이나 되지요 글로브 대신 앞치마를 입고 때로는 지치도록 링 위를 뛰어다녀요 사장님 여기 500 세 잔 더 주세요 홀에는 '사이먼과 가펑클'의 음악이 나직하게 흐르고 있어요 (…) 나는 이곳에서 보름달이 뜨는 걸 수없이 봐왔어요 달이 질 때는 사람들 틈에 끼어 인생을 배워요 늙어갈수록 세상에 대해 배워야하는 게 많다는 걸 깨닫는 것도 이곳에서죠// (…)// 내 주먹은 작고 힘이 없어요 쥐었다 풀었다 하는 건 내 정신이지요 그걸로 때로는 오만한 사람들과 싸우기도 하지요 주먹이 판치는 세상에서요 때로는 지기도 하고 때로는 이기기도 하면서, 나는 작은 주먹으로 인생을 배우는 중이랍니다.// (…)// "엄마, 침대에서 눈을 떴을 때 파란 하늘이 보이는 게 너무 좋아." (…) 아이는 내게 말합니다 그런 때 난 나보다 가끔 목소리를 크게 내는 아이에게서 희망찬 푸른 하늘을 듣습니다 (…) "떠날 거야 떠날 거야." 하면서도 아직 남아 이곳에서 일하고 있어요 (…) "말이 가면 소도 가는 법이란다 너무 걱정하지 마라." 위로하시던 어머니가 그립네요/ Lie la lie, lie la lie la lie la lie, la la lie la lie

— 「The Boxer」 부분

카페에서 시 제목과 같은, 사이먼과 가펑클이 기타 치며 노래하는 팝송을 들으며 쓴 시이다. 고향을 떠나 낯선 도시 뉴욕을 떠도는 '복싱 선수'가 자신의 생활 이야기를, 그 빠르고 힘찬 템포로 전개하는 서사가 있는 긴 노래이다. 시인은 이 노래의 가사를 자기식으로 변형시켜 생활 주변의 삽화를 간간이 산입시켜 아주 독자적 이야기 시, 산문시 형식으로 펼쳐 나간다. 화자는 자기가 '복싱하는 링'은 일터인 카페라고 하였는데 이게 긴 호흡으로 아주 빠른 속도로 진행되는 중심 시상이다. 자신의 파이팅 현장을 이야기하면서, 그 속에 아이의 이야기, 새로 이사 온 집 이야기, 손님의 주문 이야기, 어머니 생전의 말 등을 절묘하게 뒤섞어놓은, 이채롭고 생기발랄한 새로운 이야기 시이다. 카페의 일상생활을 이야기 시 형식으로 작품화한 놀라운 순발력과 긴 가사, 긴 호흡이 어우러진 아주 현대적인 작품이다. 군데군데 노래의 가사, 예컨대 '고향을 떠나 도시(뉴욕)를 떠돌며 사는 게 힘들어서 고향으로 돌아가고 싶어 하지만 그렇게 하지는 않겠다'는 팝송 가사 내용을 축약해 수용하고 노래의 그 친숙한 후렴구를 끼워 넣어 이 노래를 아는 사람이면 누구나 즐겁게 읽을 수 있다. 워킹맘으로 시를 쓰는 하루일은 힘들지만 그 안에는 시인의 미래에 대한 희망("아이에게서 희망찬 푸른 하늘을 듣습니다"), 새로운 시적 비전이 들어 있다.

이 작품은 대중문화와의 창조적 접속, 수용에 의한 산문시라는 새로운 형식의 시도와 그 문학적 성취를 동시에 확인할 수 있는 작품이다. 시집 수록 시 중에서 그 길이가 가장 길다. 이즈음의 내공이 느껴지는 힘차고 열정적인 시이다. 창작은 이로써 시인의 생활 속에 깊숙이 뿌리내리게 되었다. 이 작품은 '생활도 시 창작도 모두 권투선수와 같이 유동적인 현실에 맞서 싸우는 일'이라는 새로운 인식을 보여준다. 여성 시인은 삶의 수동적인 관조자가 아니라 나은 삶을 위해 그 현장에서의 투쟁을 회피하지 않는 자이다. 이 작품은 현대의 워킹맘으로서 자기 정체성을 분명히 드러낸 작품이자, 형식, 스타일 표현 등 여러 면에서 시인의 숨겨진 재능이 유감없이 발휘된 이 시기의 대표작의 하나로 꼽을 수 있는 시이다. 그 문학적 성취가 뛰어나다. 시단에 여성의 이런 노동 현장 경험을 팝송의 빠른 리듬에 따라 길게 노래한 이런 작품은 찾아보기 어렵다. 혹 있다 해도 이런 식으로 쓴 작품은 드물다. 평론가 유종호는 어떤 에세이에서 자신이 기억하는 격언으로 '삶은 전쟁놀이'라는 말을 들고 있다. 어려운 고비가 많았던 시대를 헤쳐 온 원로 세대 경험을 담은 발언이겠지만, 그 이후 세대인 현대인들은, 그야말로 생활 자체가

저마다의 싸움 비슷한 것이 변해버린 사회를 살아가고 있다. 이 시는 여성 생활도 어느새 '권투 선수의 처지'가 되었음을 일깨워주는 시라고 평가할 수 있다.

시인의 시 쓰기가 생활 속에 뿌리를 내리면서 시의 어조는 이제 거침없고 당당해졌고 목소리에 힘이 느껴진다. 이 점 특기할 만하다. 자기 자신의 생활 이야기를 거침없는 언어로 표현하는 감각, 형식, 스타일 모든 면에서 시의 새로운 지평을 열어 보이고 있다. 랩 가수가 길게 늘어놓는 노래를 연상시킨다. 중년이 아닌 청년의 작품이라고 착각할 정도로 충만한 에너지와 속도가 느껴진다는 점도 주목할 만하다. 그만큼 젊은 힘이 넘치는 시이다. 비슷한 시기에 쓴 「에티오피아 모카하라」는 이와 다른 차원에서 힘차되 자유로운 상상력을 펼쳐 보이고, 특히 '자유'라는 새 테마를 생기 넘치는 언어로 노래하고 있는 작품이다. 낭만주의적 이국적인 정취가 물씬 풍기는 이 시는 커피에 대한 찬가이자 정신의 대자유에 대한 동경을 표현한 작품이다.

오래전
세렝게티의 넓은 초원
무리들 속에서 뛰놀던 임팔라
킬리만자로의 눈 녹인 바람을 코끝으로 맡으며

기린과 얼룩말들과, 아아 저 들판 건너에는
우리의 뜨거운 피와 따뜻한 살점을 노리는 사자들도 있었어
그들을 피하려면 무리들 속에 있어야 해
나는 날씬하고 잽싸고 영리한 임팔라
그리고 자유로웠지

(…)
조용히 에티오피아가 내리는 소리를 보노라면
드넓은 초원을 무리들과 달리던 발굽소리 요란하게 들리지
유유히 놀던…
코뿔소 그놈은 또 얼마나 우악스럽고 멋지던지 후후

난 그래도 눈길이 닿지 않던 드넓은 풀밭이 그립네
은색 장미가 그려진 찻잔도
테이블도
에티오피아를 담기엔 너무 좁잖아?
양지 양지 이글거리는 태양의 초원이
뜨겁게 뜨겁게 달콤하게 달콤하게 그립네
코끝에서 손끝에서 마냥 마냥
—「에티오피아 모카하라」 부분

시의 화자는 원두를 갈고 커피머신으로 커피를 내리며

그 원두에 기대어 이국의 초원에서 뛰노는 수많은 생명들과 그 자유로운 세상에 대한 동경을 노래한다. 이것은 좁은 공간(삶의 테두리)을 넘어서는 자유롭고 초현실적 노래, 어떤 초월의 꿈이 숨겨진 시이다. 자유롭게 시공을 넘나드는 언어에 생기가 가득하다, 농산물(식물)인 그 커피의 원산지의 시공간을 넘어서, 화자의 시선은 그것을 키운 거친 드넓은 초원, 온갖 야생 동물이 뛰노는 야성의 세계, 자유와 '시원하게 내리는 폭우' 쪽에 가 있다. 카페 시절의 작품으로 읽힌다. '생명의 약동'(베르그송)을 노래한다. 그 거침없는 언어와 자유로운 상상력에서 독자들은 이 시가 시인이 노래하는 다름 아닌 '생의 찬가'라는 사실을 알아차릴 수 있겠다. 대자유에 대한 꿈을 노래한 시이기도 하다. 일상적 삶의 테두리에서 벗어난 자유와 초월의 꿈은 다른 시(「바다로 간 암탉」)에도 표현되고 있다.

내 관심은 오로지 바다 위를 나는 것!
갈매기보다 더 높게 날아오르다
푸른 물결 속에서 튀어 오르는 파란 이집트의 왕을
내 날렵한 멋진 부리로 낚아채는 것!

날고 싶어 날고 싶어 날고 싶어

오, 무욕無慾의 이, 날개
상심하며 넘실거리는 눈앞의 저 바다
—「바다로 간 암탉」 부분

「무실사거리」와 같은 작품도 스피디한 언어의 속도가 드러나는 작품이다.— 비슷한 시기에 쓴 「유柳가 들고 온 네프리솔 250」(2008) 같은 작품도 그렇다.—삶과 죽음에 대한 성찰을 담고 있다. 친구의 어르신네가 세상을 떠났다는 소식을 전해 듣고 차를 타고 달려가는 사거리 길, 친구 가족의 빈소를 찾아가는 길 위에서 헤매면서 순간적으로 떠오르는 삶과 죽음에 대한 상념을 작품화한 것이다. 삶의 길은 목적지에 닿기 전에 사거리에서 헤맬 수밖에 없는 불운한 것이지만, 죽음이란 '헤맬 일도 더 잃을 것도 없는 어떤 상태'이다. 사람이 세상에 나오며"얻은 건 달랑 이 몸 하나뿐"이라는 사유가 표현되고 있다("IC에서 7킬로 ic, 7은 더 이상 행운의 수가 아니라네/ 거기 조금 더 앞에 무실사거리 ic ic ic/ 더 잃을게 없다고 하네").

카페 시절의 시들은 역동적이고 젊다. 숨겨져 있던 생기(생명 에너지)의 약동, 거침없이 표출, 전개되는 언어의 춤, 층위가 다른 이질적인 언어들이 쌓아가는 말의 샐러드— 여러 면에서 지금까지 시에서 볼 수 없었던, 서옥섭 시의 새로운 차원이 열린 게 이 카페 시절이다. 시집에 이런 작품만 있는 게 아니다. '위빠사나' 명상을 하면서 몸과 마음의 상태를 조용히 관조하는 침묵 지향의 작품도 발견된다.

뼈 위에 몸을 세웠네. 발 하나를 접어 넓적다리 위에 얹어놓고 눈을 감고 가만히 숨을 쳐다보고 있네 내 숨구멍을 따라 매미 울음소리 여러 마리 들어오고 선풍기 바람소리도 따라 들어오네 그 소리 심장을 돌아 몸 한 바퀴 빙글 돌아 손끝으로 발끝으로 흘러 닿더니 내 몸이 한 그루 나무가 되네 매미 소리 넘치는 나무가 되네

나무 위에 걸친 옷 하나를 벗네
이윽고
내 몸이 하는 말이 들리는 걸까
"조금 무겁구나."
—「조금 무겁구나」 부분

지관(止觀) 명상이라고 번역되는 '위빠사나'(「조금 무겁구나」)는 석가모니 부처가 했던 수행법이다. 마음과 몸의 긴장을 풀고 에너지를 재충전하기 위한 명상 자체를 다룬 시이다. '권투 선수' 시와 상반되는, 쉼과 마음의 평정과 비움 나아가 삶의 여유를 지향하는 시이다. 시의 전

개는 이 수행의 일반 과정과 대응되며, 이 과정의 마음의 움직임은 특히 3연에 잘 드러나 있다. 「미황사 종소리」라는 표제의 다른 작품도, 마음의 고요함, 평화를 지향하는 시인의 마음을 다른 소재, 다른 언어로 표현한 시이다.

시적인 것과 생활적인 것 - 기억 속 '삶의 문지방들'을 넘어서

서옥섭의 시 세계는 시적인 것과 생활적인 것 사이의 보이지 않는 긴장을 간직하고 있다. 대체로 생활에 기반한 생활시라고 이름 붙일 수 있다. 앞에서 본 작품들 그 대부분이 생활시이다. 현실 생활 속에 발을 디디고 있는 시가 생활시라 할 수 있다. 그렇지 않은 시들이 적지 않게 생산되고 있는 게 시단의 현실이다. 예를 들면, 자의식에 갇혀 있는 시인, 추상적인 관념적인 세계에 빠져 현실에서 유리된 시를 쓰고 있는 시인, 독자가 개입할 여지가 없는 사적인 '마음의 기념사진'을 계속해 찍어내는 시인, 창작을 순화되지 않은 넋두리, 수다로 대체하는 시인들이 있는 것 같다. 각자의 취향, 정신, 선택의 문제이기 때문에 이에 대해 이 자리에서 논쟁할 생각은 전혀 없다. 있는 사실을 말하고 싶을 뿐이다.

'생활-시' 쓰기에서 생활 쪽에 밀착하면 시가 사라지

고, 시만 고집하면 실생활과 멀어지게 된다. 생활 속에서 시적인 것을 발견해야 하고, 시적인 것과 생활적인 것을 결합할 수 있는 길을 모색해야 한다. 무엇보다 실물로 보여주어야 한다. 시인이 고심해야 할 지점이 바로 이 부근에 놓여 있다. 이 문제는 어느 한 시인이 안고 가야 할 과제일 뿐만 아니라 동시대의 모든 시인들이 함께 생각해야 할 과제가 아닐까. 현대의 독자들은 대개 도시 생활자들이고 그 대다수는 젊은 직장인들이다(서점에 유통되는 소설 작품 독자의 대다수가 직장생활을 하는 젊은 층이라는 신문 보도를 본 적이 있는데, 문학 독자가 꼭 이들에 한정된다는 의미는 아니다). 작가는 자신의 작품에 공감하는 독자를 통해 모든 독자에게 호소하고자 하는 사람이다. 독자의 독서 행위를 중시하는 수용 이론가들은 작품이란 그 작가가 독자에게 보내는 일종의 '호소 구조'라고 말한다. 음악은 들어야 음악이고 시는 읽어야 시다. 오늘날 모든 문학 책은 구매자를 기다리는 상품의 일종이다. 서점에 가면 수많은 신간들이 마치 사달라는 듯한 눈짓을 보내며 채색된 표지로 경쟁하듯 진열되어 있다. 생활시 개념은 서정시처럼 일반화되어 있지 않지만 거듭 숙고해볼 만한 용어이다. 독자들이 모두 생활인이고, 시인의 작품을 읽고 뭔가 위안을 받고 재인식하고 자신을 돌아볼 수 있기를 원한다. 그런 게 없다면 시를 왜 읽으려 하겠는가. 독자 반응, 독자 문제는 창작에 못지않게 고심해야 할 사안이다.

시인의 작품들이 생활에 기반하고 있다고 했지만, 인간 생활이란 그 내부에, 또는 생활 이전에 '모든 인간은 이 세상에 던져진 존재'라는 명제에서 비롯되는, 저마다의 '실존'의 문제를 안고 있다. ― '나란 물건은 무엇이고 왜 광막한 세상에 서 있어야 하는가, 불안과 허무와 고독을 수반하는 이 실존이란 무엇일까.' 인간은 누구나 고독하고 삶은 그 자체가 고(苦)이고, 흘러가는 시간 속에서 꿈틀대는 하나의 생명체이다. '하늘 아래 나 혼자 있다'. 아무도 만족한 답을 말해주지 않는 게 실존이다. 오늘날 취업 문제로 고민하는 수많은 청년들의 생활을 생각해보라. ― 생명은 우리가 볼 수 없는 내면, 즉 '내재성의 평면'/내재성의 '구도'로서, 그 구도 위에서 수많은 사건과 함께 언젠가 사라지는, 무심히 흐르는 시간 속에서 움직인다(내재성의 평면은 질 들뢰즈의 용어임). 모든 생명은 상처받게 되어 있다. 삶은 미래를 예측할 수 없는 불투명한 안개 속을 걸어가는 것과 같다. 나이 들어 뒤돌아보면 그 안개들은 사라지고 없다. "네 경험이 어머니이고 네 미래가 아버지다"라고 최승자 시인은 노래했지만, 그 '어머니'란 이 세상의 크기에 비해 빈약한 것일 수밖에 없고, 그 '아버지'의 얼굴이 어떨지 우리는 알 수 없다. 그러나 그게 있어야 무언가(시)를 생산할(낳을) 수 있다. 그래서 모색하는 자는 방황하지 않을 수 없다. 삶이란 무대는 예행연습을 하고 오르는 연극 무대와 썩 다르다. 사전 연습 없이 매순간 다르게 펼쳐지는 무대 위에 서서 자기 역할을 맡아 연기해야 하는 각 개인의 실존이고 시간 위에 던져진 인간 생명의 운명이 아니겠는가(실존의 문제는 생의 여정에서 특히 젊은 날의 피할 수 없는 화두로서, 일단 생각하기 시작하면 사뭇 심각해지고, 실존으로서의 삶은 그래서 수많은 고뇌, 고투와 자기 응시, 성찰을 요구한다). 고민과 갈등 없는 청춘 시절을 보내지 않은 사람이 몇 사람이나 될까. 삶에 대한 어떤 깨달음은 언제나 뒤늦게 찾아올 것이다.

시집에는 시인의 이 실존의 이슈를 다룬 작품들이 종종 눈에 띈다. "어떤 파도도, 저 같은 섬들이/ 나를 따뜻하게 안아주지 않았다는 원망에 서러워/ 뼈만 남은 독도, 막막한 바위처럼/ 단단하게 검게/ 내 마음 자꾸만 파도에 젖어드네"(「독도블루스」). 여기에는 고독과 세상에 대한 원망의 감정이 드러나 있다. 「오후 4시 반 — 그 섬에 가고 싶다」 같은 시도 이 테마의 변주로 볼 수 있다. "오후 4시 반의 햇빛은/ (…)/ 입 다물었던 그리움들이/ 섬처럼 푸르게 돋는 시간// 복어의 독毒처럼/ 나팔꽃처럼/ 치명적 그리움이 피어나는 시간/ (…)/흰 찻잔에 담긴 짜디짠 해조음을 마시며/ 독을 다스리는 다만 섬島이 되는 것이네". 그리고 고흐 전람회를 보러 버스 타고 서울로 가는 길 위에서 착상하여 쓴 시 「길 위에서 쓰는 편지 — 고흐 전람회」에는 〈"언젠가는 내 그림이/ 물감 값보다 더 많은/ 가치가 있다는 걸 알게 될 날이 올 거야"/ 손목 잡고 이끌 누군가 곁에 있었다면/ 마지막 방아쇠를 당기는 손, 손목을 잡아줄/ 누군가가 있었다면…/ 동생 테오에게 쓴 편지를 보았습니다〉와 같은 구절에서, 시인은 고독 속에서 가난과 벗하며 살았던 화가 고흐의 삶을 현재 속으로 호출하면서, 거기에 자신의 깊은 연민의 감정을 드러내고 있다.

이쯤에서 시집의 표제인 "갇힌 언어들을 위한 시간"에 대해 잠시 생각해보자. 같은 제목의 시가 시집 속에 들어 있는 바, 찬찬히 읽어보면 다음과 같은 구절이 발견된다. "몇 개의 문들이 열릴 듯 닫히고/ 혹은 꿈쩍도 없이 열리지 않았던/ 끝내 넘을 수 없었던, 몇 개의/ 문지방도 있었으리", "이제는 혈관을 활짝 열어/ 떨어져간 꽃들의 제자리를 찾아 뉘이고/ (…)/ 갇혀 있던 착한 언어들을/ 놓아주어야 하리"(「갇힌 언어들을 위한 시간」). 이 작품은, 가게에서 급하게 문지방을 넘다가 발을 접질려 다치면서 겪었던 아픈 경험을 계기로, 문득 기억 속의 지난 시간 속의 삶(실존)의 고통을 회상하고, 이를 현재 속에서 다시 성찰하고 있는 시이다. "몇 개의 문지방", "떨어져간 꽃", "갇혀 있던 착한 언어들", 현재 다쳐서 "부은 발" — 이 은유들은, 작품의 핵심적 시어들이다. '부은 발'은 걸어온 삶의 행로를, '문지방들'은 걸어오면서 직면했던 어떤 경계 상황들을, '떨어져간 꽃'은 그때 젊은 날의 상흔에 대한 상징적 표현이다. "갇힌 언어들"은 시인이 되돌아본 그 시절의 아픔, 심리적 억압경험, 삶의 상황을 압축적으로 요약한 언어 표현이다(이 '부은 발'이란 이미지는, 소포클레스의 외디푸스왕에 나오는 주인공의 어떤 상황을 연상시킨다). 이 작품은, 어른이 되어 자신의 젊은 날의 격정, 방황을 뒤돌아보며 썼던, 서정주 시 「국화 옆에서」를 연상시키는 점이 있다. 시인은 어른이 되어 시를 쓰면서 한때 억압되었던 언어들(시절들)을 돌아보며 아름다운 언어로 승화시켜 재구성하면서 그 언어들을 해방시키고자 한다.

그래서 이 시집의 표제를 독자들은 '갇혀 있던 언어들 옆에서' 또는, '생(삶과 문학)의 한가운데에서'라고 바꾸어 읽을 수 있다. '떨어진 꽃'은 이제 시집에서 다채로운 꽃들로 재탄생하고 있다. 시집은 생의 한가운데에서 쓴, 독자 앞에서 번쩍 들어 올려 보이는 '시들의 꽃다발'(사화집)이다. 시인은 젊은 시절의 상흔과 실존의 아픔을 간직하고 있지만 이제 시인이 되어 아름다운 언어, 순화된 시 형식으로 지나온 감정의 앙금, 흔적들을 승화하고 해방시키고자 한다. 미켈란젤로, 이백, 보들레르, 박경리, 김수영, 도스토예프스키, 베토벤, 고흐 등등 수많은 예술가들은 젊은 시절 각각의 고난을 거치며 예술가로 성장하였다. 그 매체에 차이가 있지만 모든 예술은 각자의 상흔, 체험, 감정, 감각을 승화시켜 작품화하고 정신의 어떤 고양된 형식으로 표현한다. 아웃사이더 정신이란 예술의 본질적 정신의 하나이다(한때 사회의 아웃사이더였던 예술가들은 각자의 작품을 통해 인사이더로 재탄생한다). '내 혼을 증명하기 위해 시의 길 위에 선' 시인들은 그 시인이라는 신분으로 시민 사회의 일원이 된다(시인의 '부은 발'이라는 말 속에는, 시골 농부의 오남매의 딸로 태어나, 하고 싶은 것들이 많았지만 집안 환경 때문에 제대로 펼 수 없었던 시인이 처했던 1960, 70년대의 여러 곤경이 함축되어 있다. 누이는 다른 형제들이 각자도생 길을 찾아 모두 떠난 집에 홀로 남아, 농사일을 거들며 부모님을 모셨고, 당시로는 늦은 나이에 결혼하였다. 형제들이 읽던 책들, 라디오에서 흘러나오는 팝송과 클래식 음악들, 티브이의 주말 영화 등이 당시 정신적으로 큰 위안이 되었다고 한다).

이 사실들은 서옥섭의 시 쓰기가 다름 아닌 고독과 함께해온 자기 수련[자기 도야(陶冶), 교-양], 자기 구원, 어떤 정신적 성숙, 주어진 삶의 극복을 위한 삶의 한 방편이었다는 사실을 시사해준다. 창작의 반복되는 시간은 부단한 자기 성찰의 시간, 성숙한 시정신을 사유하는 시간이기도 하다. 시 창작은 내용, 형식, 언어 등 여러 면에서 어떤 선택을 요구한다. 구원과 성숙 지향의 시 쓰기는 그래서 주체의 문학적 결단이라 할 수 있다. 윤리적, 미학적 결단이라고도 할 수 있다. 성숙 지향은 시인이 간직한 시적

미덕의 하나라 할 수 있다. 시인의 詩作은 '시의 정신화' 라고 명명할 수 있다(나이든 시인들 중에서 아직도 지나간 시간의 기억들에 발목 잡혀 현재 눈앞의 삶을 노래하는 쪽으로 나아가지 못하는 이들이 적지 않다). 실존의 문제에 집착하면 자아에 사로잡혀 자의식 과잉의 시인이 되기 십상이다. 체험과 감정의 찌꺼기들을 안으로 침전시키고 이를 걸러내고 예술적으로 승화하면서 시정신의 성숙을 도모하는 방향을 모색하는 시 쓰기 길을 선택하고 있는 점은 서옥섭 시의 중요한 특성의 하나이다. 누에는 뽕을 먹되 소화해서 실크 실을 토해내 아름다운 집을 짓는다. 먹은 뽕을 그대로 토해낸다면 아름다운 실크 같은 것은 생겨나지 않았을 것이다. "계절이여, 城이여 — 흠 없는 영혼이 어디 있으랴"라고 랭보는 노래한 바 있지만, 시인은 이렇게 노래한다.

한때 사무치게 마음 쏟았던 그리움이여
이젠 하늘을 날으는 산비둘기 울음소리에나 실려 가렴
그것은 이제 숲을 키운 햇빛이 되었나 보다
이 가득한 화엄 화엄 우주의 고마움을
숲속의 한 그루 나무는
불어오는 바람결에 흔들리는 잎새로 전하리
—「오월의 숲」 부분

시적인 것은 생활적인 것에 바탕을 두고 있지만, 시와 생활 사이에 또는 그 이면에 실존의 문제가 놓여 있다. 실존은 고유하고 누구에게나 피할 수 없는 중요한 문제지만 누가 어찌할 수 없는 다분히 운명적 영역 — 사적인 영역이다. 시인이 시인인 이상 개인적 사적 영역을 넘어 생활 세계로 들어가 움직이면서 그 생활에 맞서며 시적인 것을 추구해야 한다. 생활을 희생하면 '떠돌이 시인'이 된다. 그리고 시적인 것은 뭔가 진실된 보편적인 진실을 지향하는 게 바람직하다(개인적 실존의 문제가 진실한 게 아니란 말은 아니다). 시인은 그 작품을 통해 독자와 함께 나눌 수 있는 공감할 수 있는 진실을 추구해야 할 처지에 있다. 그래서 독자적 세계관(특정한 개인 또는 어떤 집단이 지니고 있는 감정, 사상, 동경의 총체를 세계관이라 한다), 오늘날 시민 생활은 시적 영역과 공적인 영역으로 나누어 생각하기도 하지만, 시에서 이 둘은 서로 연결되어 있다. 아파트의 개인 서재와 직장/ 마트(시장)/ 이웃사람, 시와 독자의 관계를 생각해보라. 이미 지적했듯 얼핏 모순되는 시적인 것 생활적인 것을 어떻게 하나의 작품 속에서 만나게 하고 이들을 작품으로 형상화할 것인가 — 그게 모든 시인의 시적 과제이자 고심해야 할 시인의 난관일 것이다. 생활은 경제와 관련되고 시는 창조적인 속성을 띤다. 게다가 우리 모두는 시간의 변화 속에서 삶을 영위한다.

시인의 작품에서 시와 삶 모두의 어떤 지속적인 변화의 징후가 나타나 있는 점도 이와 무관하지 않을 것이다. 시인의 생활시들은, 난설헌 연작에서, 권투 선수 시, 커피 시를 거쳐 명상시에 이르는 그 전체 시에서 큰 변화를 보여준다. 가정 경제적인 생활의 단면을 다룬 시도 산견된다. "어쩐 일인지 돈 걱정도 안 하고/ 어쩐 일인지 아이들도 걱정 없이 잘 클 줄 알았지/ 막연한 기다림/ 막연하게 무엇인가 기다리는 즐거움"(「춘삼월」). 세계인 모두의 일상생활을 위기로 몰아넣었던, 최근 코로나 사태 때 쓴 것으로 보이는 작품도 눈에 띈다. 「노크 소리」 연작이 이에 해당된다. 「노크 소리 1」은 회사원으로 먼 중동으로 파견 근무하러 갔던 아들이 코로나 사태로 2주간 격리를 해야 했을 때 잠시 휴가를 얻어 귀국하지만, 아파트의 다른 방에 격리되어 생활해야 하던 그 시절의 사태, 경험을 다룬 시이다. '노크'는 방문을 열고 잠시 대면할 때 보냈던 신호이다. 마스크를 썼지만 밥을 쟁반에다 차려 방문 앞에 놓고 대면할 수 없어 노크를 해야 하는 상황이고, 「노크 소리 2」는 방송에서 목격한 코로나로 곤경에 처한 어떤 동시대인의 이야기를 소재로 쓴 것이다.

생활 속에서의 시적인 것의 발견은 서옥섭 시 세계의 중요한 특성의 하나라 했지만, 모친의 기억을 노래한 시 「어머니의 마당」은, 그 점에서 주목할 만한 작품이다. 이 작품에서 특히 주목되는 부분을 들자면, 그 어머니 생전의 일상생활, 길쌈하던 기억 속 그 노동이 바로 시요 예술이라는 늦은 깨달음을 표현한 대목이다.

물레를 자아 삼실을 감고
얼레에 감은 베실은 다시 긴 타래가 되고
긴 타래는 다시 양잿물에 이겨 빨아내고
곱게 풀 먹인 아름다운 삼베실을
만들어내는 일
세상에 이렇게 온전히 공들이고 정성들인
예술이 어머니 투박한 손끝에서
탄생되는 일이야말로 돌이켜보면
우리 어머니가 쓰신 시이고 예술이었다

내 머릿속 마음속 우리 어머니는
가난하고 의리 있고 정직하고 참 고집스러운
이름 없는 촌부였으나
또한 질긴 삼베실 같은 삶을
날마다 치잣물 들이고 풀 먹이며 살아낸
예술가임을 나 이제야 깨닫는다
—「어머니의 마당」 부분

1930년대 기억 속의 고향(정주 지방의 명절 풍속을 시집 속에 끌어들였던 시인으로 백석을 들 수 있지만), 인용한 작품은 1960년대 경— 유년기 기억 속의 강릉 지방 길쌈 풍속을 그 대상으로 삼고 있다. 특정 시인이 쓴 것이지만 그 기억 속 어머니는 특정인을 넘어 농경 사회의 보편적 어머니상으로서, 이 시는 여성 시인이 노래하는 기억 속의 저 고향 길쌈 풍속을 다룬 보편성을 지닌 작품으로 읽을 수 있다. 이제는 전통적 노동요(민요)나, 박물관에서나 접할 수 있는 강릉 지방 길쌈 민속을 되살려낸 중요한 문학적 성취의 하나라 생각된다. 시인의 가편(佳篇) 중의 하나로 꼽을 수 있다. 길쌈은 부녀자의 몫이었고 지은이 자신이 여성이라는 사실은 특히 눈여겨보아야 할 대목이다(충청남도 한산 지방에 가면 한산모시박물관이 있어 후세 사람들이 그 지방 전통 사회 길쌈 풍속을 소중히 하면서 길이 기념하고자 하는 그 정신을 엿볼 수 있다). 시란 시인만이 쓰는 특별한 물건이 아니라 생활 속에서 가사 노동하는 어머니(여성)의 삶 속에 이미 있었다는 사실을 기억 속에서 재발견하고 이를 시적으로 형상화해낸 좋은 작품이다. 이런 인식은 오랜 창작 생활 전체의 흐름에서 보면 중요한 시적 진전이요 시적 성취라 할 수 있다. 시인은 나이 들며 더욱 성숙한 정신으로 생활 속의 시적인 것을 발견해내고 있다.

여성 시인(시인이면 시인이지 그 앞에 '여성'자를 붙이는 것은 성차별이라 말하는 사람도 적지 않다는 사실을 잘 알고 있지만 논의의 편의상 이 용어를 쓰고 있는 점 양해를 바란다)으로 어른이 되어 가정을 이루고 아이를 키우며 살아온 시인의 작품 중에 가족을 대상으로 한 작품들이 몇 편 있다는 사실은 자연스럽다. 시집 앞쪽에 남편에게 바치는 헌시(「가난한 남편에게」)를, 뒤쪽에 '아들에게 주는 시', '부모님에 대한 기억' 시편들을 배치한 그 편집은, 시인 자신의 배려일 것이다. 시 창작에서 가족들은, 고향 강릉의 문화 전통, 기억 저편의 상흔, 워킹맘으로의 체험 외에도, 몇몇 시에서 드러나는 여행 체험 같은 것에 못지않은 창작 모티프의 하나로 작동한다. 여기에는 가족에 대한 시인의 남다른 애정이 크게 작용하고 있음은 더 말할 필요가 없을 것이다. 「신화전민」도 그런 작품의 하나이다. 남편의 농장 일을 옆에서 도우며 쓴 시이되, 식량을 더 얻기 위해 산전을 일구던 아버지의 과거 기억이 겹쳐져 있다. "우리 내외 핏속엔 뜨거운 아버지들의 피가 흘러/ 그 피가 이끄는 대로/ 지금 이렇게 흙속에 서 있는 것은 아닐까// 눈길을 돌리니/ 밭이 끝나는 산자락엔/ 연분홍 진달래꽃 노란 동박꽃/ 봄의 손길 산뜻한/ 저기 또 하나의 아름다운 화전花田이다"에서 보여주듯 농경 사회를 떠났던 시인이 쓴 현대적인 농경시로서, 개간지 밭일을 하면서 주변의 핀 꽃들을 보고, "저기 또 하나의 아름다운 화전花田"이라고 마무리 짓고 있다. 일일이 언급하지 않겠으나, 시인의 시에 빈번하게 등장하는 대자연의 이미지들 — 갖가지 꽃, 나무들, 숲, 대지, 산, 바다 등— 은, 그 대자연이 모든 생명의 근원이자 아름다운 것, 여성적인 것(모성적인 것)의 원천으로서, 시골에서 태어나 동해 바다를 보며 살고 있는 시인의 힘에서 비롯된 것이라 생각된다.

서정시의 시간, 정신의 성숙, 우리 시대

지금까지 초기작에서 시작하여 시간의 변화를 고려하여 몇몇 작품을 선정해 읽으며 시인의 시 세계를 대강 개관하고자 하였다. 나는 몇몇 작품을 임의로 선정하여 되도록 객관적인 위치에서 개괄적으로 서술하고자 하였다. 요령부득으로 길어졌지만, 서두에서 언급했듯 나는 이 시집의 작품 그 대부분을 처음 대했고(내가 잘 모르는 사항은 직접 물어가며 이 글을 쓸 수 있었다), 안내자의 입장에 서고자 하였다. 나머지는 독자의 몫으로 남겨놓고자 한다.

서옥섭의 시는 독특한 여성성, 여성적인 섬세함과 내면의 강한 에너지, 열정을 지니고 있다. 시에 나타난 갈고 닦은 시적 재능, 순화되고 승화된 그 내면의 에너지는 삶 자체에 대한 사랑에서 우러나오는 열정이라고 보아도 될 것 같다. 열정의 지속력은 그 자체가 재능의 일부를 이룬다. 시인은 시 창작의 정신화를 지향하고 정신적 성숙 지향은 여러 작품에서 구현되고 있다. 그림이든 시이든 서예든 간에 모든 예술은 작가의 내면의 에너지, 즉 생명력의 표현, 생기의 표현이다(언급하지 못했던 시 「게발선인장꽃」은 꽃이라는 생명, 그 에너지에 대한 찬사이다). "시는 힘이다." 이는 김소월적인 전통 서정시가 뭔가 미약하다고 보았던 시인 김수영의 기본 명제이다. "이 세상 모든 존재는 힘이다." 이는 생명의 탄생과 그 창조적 진화를 다뤄온 현대 과학의 연구 성과를 철학 속에 수용하고자 했던 철학자 질 들뢰즈의 명제이다. 창조적 진화의 원동력은 내면에 잠재된 에너지, 생기를 펼치는 것. 그리고 이것은 어떤 생성으로 전화된다['생성(become)'에서 '-로 되기'의 뜻]. 그 너머에는 아무것도 없다. 삶은 그런 생성 과정일 뿐이다.

한 시인의 작품들은 개성(독특성)의 산물이지만 어떤 보편성을 지향한다. 모든 훌륭한 예술들은 다른 무엇으로 대체할 독자적 개성과 보편성을 동시에 보여주며 그 예술에서 이 두 가지는 모두가 중요하다. 작품에서 개성은 그가 구사하는 개성적 언어, 스타일의 흐름 속에, 시인의 내면에 내장되어 있다(생명의 내재적이다). 시 작품에 흐르는 그 힘은 독자에게 알게 모르게 전달되어 독자의 마음을 움직이는 감동의 힘이 된다(독자도 모든 인간이 그렇듯 내적 힘의 존재이다). 시집 수록 작품들의 저류로 흐르면서 다양한 시 형식으로 표현, 변주되고 때로는 대자유에의 열망, 동경의 꿈으로 변형되어 표출된다. 자유에의 열망은 '아버지의 이름'(현실 사회를 지배하는 법, 남성적 권력, 현실 원칙, 질서 등을 지칭하는 정신분석학자 자크 라캉의 용어. 프로이드가 말하는 '외디푸스적 세계 질서'와 비슷한 의미의 용어로서, 들뢰즈는 이들을 부정, 비판하는 『안티 외디푸스』라는 책을 썼다)이 지배하는 현실이라는 조건을 넘어서고자 하는 열망을 나타낸다. 그 이름이 지배하는 현실에 살며 청춘 시절에 겪었던 어떤 억압, 가난의 기억을 담담하게 돌아볼 수 있는 여성 시인이 되어, 주어진 삶의 조건들을 성찰하고 또 그 순간들을 순화된 아름다운 작품으로 고양된 시 형식으로 표현하고 있다. 이것은 개인을 넘어서는 모든 여성 시인—모든 시인의 초상이기도 하다. 모든 훌륭한 예술 작품은 그 안에 현실의 조건, 그 안의 안주를 넘어서는 정신적 자유와 초월을 향한 동경이 꿈틀대고 있다. 우리가 동경하는 세계는 얼마나 드넓고 자유로운가. "시는 표면의 무한 옆에 내면의 무한을, 물질의 무한 옆에 마음의 무한을, 이윤의 무한 옆에 생명의 무한을 놓는다."(정현종)

왜소해지고 고립되고 자아의 섬으로 살아가는 현대인에게 시란 무엇인가. 문학의 사회적 영향력이 날로 약화되는 시대에 살고 있지만, 현대 문명 속에서 살아가면서 자신도 모르는 사이에 생겨나는 그 문명 생활에 대한 불만을 잠시 잊게 하고 추슬러 주는 것이 시가 아닐까. 라디오 음악 프로를 즐겨 듣는 직장인이 많은 이유의 하나도 그 부근에 있지 않을까. 젊은 시인들의 시를 읽고 거의 독백에 가까운 작품들이 적지 않은 사실을 발견하고 놀란 적이 있다(젊은이가 무기력한 것은 개인적 요인보다 사회문화적 요인이 크다). 서옥섭의 시는 시야가 넓고 힘차고 젊고 거침없다. 워킹맘의 처지에서 쓴 시 「The Boxer」를 보라. 젊은 에너지가 느껴지는 작품이 여러 편 있다. 작품들을 읽으면 뭔가 충전되고 승화되고 정신적으로 고양되어 순화되는 느낌을 받을 수 있다. 레퍼토리가 풍부하고 시 세계가 다양하여 결코 단조로운 느낌이 들거나 지루하지 않다. 단숨에 쉽게 읽힌다. 열심히 실험하고 모색하고 탐구하고 공부하고 변화를 찾는 정신, 창조적, 학구적 시정신이 확 느껴진다. 부단히 앞으로 나아가며 시, 정신 모두의 어떤 성숙을 지향하는 시인들이 주변에 흔하지 않다. 작품들이 보여주는 시적 성취들은 詩作에 전념해온 그 20여 년의 연륜 덕분만은 아니었다고 생각한다. 안주하지 않으려는 숨겨진 치열한 탐구정신, 창조정신, 실험정신이 있었기 때문이라 보아야 할 것이다. 그간의 내공이 짐작된다.

서옥섭의 시집에는 시조와 서정시, 자연과 인간, 고요함과 생명의 약동, 생활과 성찰 등—소재, 주제와 정서가 다양, 다채로운 시 작품들이 공존하고 서로 시 세계가 함께 어우러져 있다. 다채롭고 풍부하다는 것은 시적 내면의 깊이가 넓고 깊다는 것과 통한다. 모든 창작이 그렇듯 시 창작이란 그 내면의 공간에서 발생해 언어로 표현되는 것이다. 오랫동안 시를 읽고 글을 쓰면서 깨닫게 된 사실의 하나는, 작품은 장르를 불문하고 기교나 소재를 조형하는 작품 완성도에 못지않게 그 시인의 내면— 진보의 정신, 그 깊이와 폭, 작품 전체의 시적, 정신적 성숙도가 중요하다는 사실이다(성숙이라 했지만 거기에 어떤 완성태 같은 것이 있다는 것은 아니다). 그 성숙을 위해 노력하는 노력 자체가 소중하다. 이런 생각은 그 작품의 독자인 평론가 내 자신에게 하는 말이기도 하다). 작품의 다양한 세계를 추구하면서 그 속에 새로운 감각적인 것, 새로운 언어를 분배하며 감정을 절제하는 예술가적인 심미안을 서옥섭은 시들에 지향해온 것 같다. 자기만의 확실한 스타일을 구축하고 있다. '사람이 곧 스타일이다'라는 말이 있다. 시인(예술가)에게 스타일은 처음이자 끝이다.

도착과 출발

서옥섭의 비교적 최근에 발표한 작품으로 고향의 초등학교 개교 90주년(1922년 개교)을 기념하기 위해 쓴 「강물은 오래도록 쉬지 않고 흘러왔다」가 있다. "고난을 이겨내는/ 든든한 버팀목이 되어/ 어둡던 시절을 잘도 견디고 지켜냈다// 산은 언제나 굳게 푸르고/ 강물은 오래도록 쉬지 않고 흘러왔다", "큰 세상으로 나아가/ 뿌리 든든한 나무가 되어라/ 세상을 떠받드는/ 올곧은 기둥이 되어라/ 새소리 끊이지 않는 큰 숲이 되어라// 감사합니다, 눈푸른 선각자여!/ 감사합니다, 우리의 성산초등학교여!// 산은 언제나 굳게 푸르기를/ 강물은 쉼 없이 오래오래 흘러가기를". 기념시지만 시인의 자전적인 시로 읽을 수 있는 작품이다. 특유의 열린 비전을 볼 수 있다. 작품 속의 시간을 건너 크게 '성장한 나무, 쉼 없이 흐르는 강물, 우뚝 솟은 산, 감사' 이런 이미지는, 그대로 자연 속에서 성장한 시인의 내면 풍경, 문학적 초상의 표상이라 해도 좋을 것 같다(유명 가수들이 초청된 지역 큰 문화축제로 개최된 지난해 그 '100주년' 행사에서, 운집한 군중 속에서, 시인의 기념시 낭송 모습을 직접 본 기억이 있다. 90주년 기념시를 다시 손질한 것이라 하며, 기념시란 상투적이기 쉬운데 그 낭송을 듣고 그 원고를 받아 읽고 처음으로 시인을 칭찬하는 말을 건넸던 것 같다. 코로나 사태를 지나온 우리 형제 모두의 모처럼의 재회의 장이 되기도 했던 그 행사장에서, 많은 사람들 앞에서 자작시를 낭송하는 그 누이의 모습이 장하고 자랑스럽게 느껴졌다).

서옥섭의 시는 생활 속의 시를 높은 수준으로 끌어올

린, 최근 시단의 중요한 성취의 하나라 할 수 있다. 오랜 시 창작을 통해 시와 정신 양면의 큰 진전을 이룩하면서, 양양한 시의 바다— 크나큰 독자적 시 작품들이 이룬 드넓은 시의 꽃발을 펼쳐 보인다. 생활인으로 열심히 살면서 시 작품도 잘 쓰기는 쉽지 않다. 그러나 시인은 이 두 가지를 어느 수준까지 다 이룬 것 같다. 이 점은 독자로서 칭찬할 만하다. 시집을 내는 것은 독자들 앞에 자신의 예술 세계를 남김없이 드러내는 순간이다. 뛰어난 시적 성과, 성취를 보여주는 작품들을 쓴 서옥섭은 이 시집 수록 작품들에서 보듯, 활동적이고 학구적이고 열정적인 남다른 시적 재능을 타고 난 것 같다. 20여 년의 세월을 그냥 보낸 게 아니다. 프랭크 시나트라의 〈마이 웨이〉라는 팝송 가사처럼, 시인은 주어진 일, 하고 싶었던 일들을 자신의 방식으로 해냈다.

최근에 '한국생활문학' 대상을 수상하고, 아이들을 세상으로 내보낸 후 대학 진학에 도전, 현재 오랜 꿈이었던 대학 생활을 즐기고 있다. "가는 길 도착한 곳 새로 떠나는 곳이라네."라는 선가의 말이 있듯, 어떤 도착은 동시에 새 출발을 의미하기도 한다. 독자들로부터 사랑받는 시인이 되었으면 좋겠고, 시민 사회 속으로 더 들어가 앞으로도 좋은 작품을 많이 썼으면 좋겠다. 동시대 문학도, 독자의 한 사람으로서, 서옥섭의 첫 시집 출간을 축하하며. 앞날의 문운과 정진을 기대한다. 끝

달아실 기획시집 30

갇힌 언어들을 위한 시간

1판 1쇄 발행	2023년 12월 15일
지은이	서옥섭
발행인	윤미소
발행처	(주)달아실출판사
책임편집	박제영
디자인	전부다
법률자문	김용진, 이종진
주소	강원도 춘천시 춘천로 257, 2층
전화	033-241-7661
팩스	033-241-7662
이메일	dalasilmoongo@naver.com
출판등록	2016년 12월 30일 제494호

ISBN 979-11-91668-97-1 03810